Ede Szigligeti, Ignaz Schnitzer

Der Prätendent : Trauerspiel in fünf Aufzügen

Ede Szigligeti, Ignaz Schnitzer

Der Prätendent : Trauerspiel in fünf Aufzügen

ISBN/EAN: 9783744629133

Hergestellt in Europa, USA, Kanada, Australien, Japan

Cover: Foto ©Andreas Hilbeck / pixelio.de

Weitere Bücher finden Sie auf **www.hansebooks.com**

Der Prätendent.

Trauerspiel in fünf Aufzügen

von

Eduard Szigligeti.

(Von der ungarischen Akademie mit dem 100 Dukaten-Preise aus der Karácsonyi-Stiftung gekrönt.

Nach dem Ungarischen in freier Bearbeitung

von

J. Schnitzer.

Budapest.

Druck der „Hungaria" Buchdruckerei und Verlags-Geschäft.

1881.

Personen:

Boleslaw, Fürst von Polen.
Borics, Fürst von Halics.
Judith, dessen Frau, Boleslaw's Tochter.
Bodomer, exilirter Fürst von Kumanien.
Wida, seine Tochter.
Ludwig II., König von Frankreich, Anführer des Kreuzzugs.
Predslava, Borics' Mutter, einst ungarische Königin, jetzt Nonne.
Der Palatin von Ungarn.
Torda,
Sámson,
Csanád,   } ungarische Flüchtlinge.
Folkus,
Titus.
Tamás,
Erster polnischer Magnat.
Zweiter   „   „
Dritter   „   „
Dritter   „   „
Erster kumanischer Edelmann.
Zweiter   „   „
Georg, ungarischer Krieger.
Ein Herold.
Eine kumanische Magd.
Charitas, Nonne.
Angelica,   „

Ungarische, polnische und kumanische Edelleute, Ritter und Krieger.

Zeit der Handlung: Die erste Hälfte des 12. Jahrhunderts.

Die Handlung spielt im ersten und dritten Aufzug in einem Kloster in Polen. Im zweiten Aufzug in Ungarn am Ufer des Sajó-Flusses, im Lager Borics'. Im vierten Akte ebendaselbst im Lager König Ludwigs II. Im fünften Aufzuge in Kumanien.

Anm. d. Uebers.: Halics, das im ersten Akte mehrfach genannt wird, bildete im 12. Jahrhundert einen ziemlich geringen Theil des heutigen Galizien. Halics war eigentlich nur ein Gebiet, Stadt und Umgebung, und nur euphemistisch, wie die meisten der damaligen sarmatischen Gebiete, die von einem Herrn unterjocht wurden, „Fürstenthum" oder „Herzogthum" genannt.

Erster Aufzug.

(Saal in einem Kloster, rauher, massiver Bau. Zur Linken ein Gitterfenster, zur Rechten eine von außen zu öffnende Thüre. Durch die Mittelthüre sieht man in eine tiefe, dunkle Gallerie.)

1. Szene.

Charitas. Angelica.

Charitas. Sei guten Muth's — ich will Dir Schwester sein,
Und Tröstung sollst Du finden hier im Glauben.
Wie dunkel immer Dein Geschick — Du siehst
Beklagenswerth're noch in diesen Räumen;
Du liebtest, ward'st betrogen und verlassen —
Der armen Turteltaube Liebeslos!
Doch könnten diese stummen Wände reden,
Dir würde Solches tausendfach erzählt!
Blick' in den Gang hinaus! Siehst Du das Weib
Dort auf den Knieen im Gebet versunken?
Angelica. 'S ist Dolorosa?
Charitas. Ja, — der Leiden Mutter!
Einst sah man sie mit Perlen im Gewand,
Heut' glänzen Perlen nur in ihren Augen;
Krystallhell sprudelt' einst der Redestrom
Wie ein Gebirgsbach von den muntern Lippen,
Und wen ein Strahl aus ihrem Auge traf,
Der kannte nimmer größern Stolz und Freude.
Und nun? Statt munt'rer Rede düst'rer Gram,
Und Gnade fleht vom Könige dort oben
Sie, die einst selbst ein großes mächtig Land
Als Königin beherrscht.
Angelica. Wer ist die Arme?

Charitas. Predßlava. Ungarns alte heil'ge Krone
Hat einst die Stirne dieser Frau geziert,
Dieselbe Stirn, in die ein tiefer Gram
So grausam tiefe Furchen nun gezogen,
Als Grabesinschrift des gebroch'nen Herzens
In dem begraben Stolz und Größe ruh'n!
Angelica. Und welch' Geschick hat sie hieher verbannt?
Charitas. Verleumdung, niederträchtige Verläumdung!
Jung war sie, munter schön und lebensfroh,
Erfreute sich an Glanz und Herrlichkeit,
Und ihre Schönheit hörte gern sie preisen —
Wo ist die Frau, die nicht auch eitel wär'?
Doch war von Feindesstücke sie umringt,
Die, neidisch, G i f t nur aus der Blume sog,
Und mächtige, hochedle Räthe waren
So eifersüchtig auf des Königs Gunst,
Daß sie die Königin verdächtigten
Durch niedrige Verläumdung . . .
Angelica. Und der König
Schenkt' ihnen Glauben?
Charitas. Leider that er dies!
Verbannung war das Los der Königin.
Angelica. Nun ist mir's klar, warum für diese Welt,
Die ihr ein strahlenderes Diadem
Geraubt, als das der Krone, sie gestorben.
H i e r läßt ein reines Selbstbewußtsein sie
Von Tröstern ungestört ihr Leid ertragen!
Charitas. Wär' sie allein nur von des Schicksals Hand
Getroffen, sie ertrüg' es sonder Murren;
Doch auch ein Söhnlein, das sie im Exil
Gebar, — vom Vater ward es hart verleugnet.
Ein doppelschneidig Schwert war die Verleumdung,
Zwei Opfer traf sie hier mit einem Schlag:
Der armen Mutter raubte sie die Ehre,
Borics, dem Sohne, raubte sie den Thron!
Angelica. Noch tiefern Mitleids scheint der Sohn mir werth,
Denn wär' auch wirklich seine Mutter schuldig — —
Charitas. Das ist sie nicht! — Erwiesen ist es klar!
Kein Andrer, als des Königs Erstgeborner,
Stefan — der Stiefsohn dieser armen Frau —
Trat hier als Retter ihrer Ehre auf.
Sein Erstes war, als er den Thron bestieg,
Das harte Urtheil einsichtsvoll zu prüfen
Und gut zu machen, was verbrochen ward.
Und da ihm selbst ein Sohn nicht war gegeben,

Sollt' auf den Thron ihm dieser Bruder folgen —
Bis dahin sollt' als Fürst er in Halics
Regieren, eine holde Frau zur Seite,
Die Tochter uns'res Fürsten, deren Hand
Er nun als König selbst für ihn erbat.
Angelica. So folgte lichter Tag auf dunkle Nacht!
Charitas. Nein — finst're Nacht auf lichten Hoffnungstrahl!
Die Arme ward getäuscht — denn ihre Feinde,
Die ungrischen Magnaten, deren Wort
Zur Zeit entscheidend in die Waage fiel,
Versagten dieses Wort dem Königssohn,
Und setzten eines andern Zweiges Sproß',
Den blinden Béla, auf den Fürstenstuhl.
Doch still, sie kommt! — Verlassen wir den Saal,
Mag Nichts in ihrem heil'gen Schmerz sie stören,
Kein fremdes Ohr dem tiefen Seufzer lauschen,
Den Kummer ihr erpreßt — komm, folge mir!

(**Predßlava** ist langsamen Schrittes gekommen. **Angelica** und **Charitas** ab
durch die Gallerie; eine Nonne sperrt die Mittelthüre ab.)

2. Szene.

Predßlava (allein, in dunklem Anzug; sie hat die Abtretenden nicht bemerkt
und schreitet in Gedanken einher.)

Mit Gott im Himmel bin ich längst versöhnt,
Doch nimmer mit den Menschen auf der Erde —
(Bitter.) Zur Hölle machten sie mein Paradies!
(Hörnerklang aus der Ferne; sie schrickt freudig empor.)
Mein Sohn! — Ich höre seines Hornes Klang!
Wie freudige Musik zieht's durch mein Herz!
Den Sohn soll ich sja wiedersch'n! . . . (wieder niedergeschlagen)
den Sohn!

Die edle Stirne werd' ich wiederseh'n,
Die seit der Stunde da ich ihn gebar,
Die eines stillen Dulders werden mußte.
Ihr konntet einem Throne ihn entreißen,
Doch einem treuen Mutterherzen nie!
Wie stolz und mannhaft trägt er sein Geschick!
Boriés, mein Sohn! Ach, wie der Himmelsdom,
Wenn er herniederblickt in reiner Bläue,
So klar und rein, von Wolken ungetrübt
Ist seine hohe Stirn. Nur wenn er mich,
Mich, seine Mutter, vor sich sieht, erlischt
Im schweren Mitgefühl sein Feuerblick, —

Denn hart geschieht auch ihm, sieht er mich hier
Märtyrerqualen klaglos erdulden!
O Menschen, Menschen, — o, des frechen Diebstahls
Der solchem Herzen Kindesliebe raubt!
Wie groß ist sein Vertrau'n zu mir, wie groß
Sein gläubiges und heiliges Empfinden,
Wenn er mir naht! Mein Gott, Du strafst zu schwer!
Du weißt es, Gott, daß ich nur schwer geirrt,
Und daß ich schwerer schon gebüßt und büße!
Nimm Alles mir, doch lasse mir den Sohn!
O lasse nie das süße Schmerzensband
Das unf're Herzen aneinander bindet,
Und das trotz aller Stacheln die es birgt,
Beseligend ist — laß' es nie zerreißen! (Fällt auf die Knie.)
Erbarmen, Himmel, einer armen Mutter!
Ich habe allen Freuden dieser Welt
Entsagt — o lasse, Gott, mir diese Eine!
Nicht will ich murren wieder das Geschick,
Das mir vom vielgeprüften Haupt die Krone,
Mich selber aus dem Kreis des Glückes riß
Und mich in dieses Klostergrab verbannte!
Mag sich entfremden mir die ganze Welt, —
Wenn nur s e i n Herz mir treu entgegenschlägt!
     (Die Seitenthüre öffnet sich; aufstehend:)
Hinweg, Du schwarze Nacht! — er naht! mein Sohn!
     (Eilt mit offenen Armen gegen die Thüre.)

5. Szene.

Judith, Wida kommen. **Predslava.**

Judith (sinkt ihr in die Arme.) O Mutter!
Predslava (umarmt sie.) Meine Tochter — ohne ihn?
Judith. Bald folgt Dein Sohn.
Predslava. Und e i l t er nicht zu mir?
Judith. Könnt' er so eilen, wie 's ihn zu Dir drängt,
Er wäre längst schon hier bei seiner Mutter.
Doch halten ihn zurück des Gastrechts Ehren:
Vornehme Gäste, polnische Magnaten,
Die er sich lud zu froher Waidmannslust.
Dem Hügel gegenüber werden Zelte
Hier ganz in Deiner Nähe aufgeschlagen,
Und Dir zu Liebe wird die ganze Woche
In dieser rauhen Gegend Jagd gehalten,

Den theuern Sohn siehſt Du dann jeden Tag
Ich aber, die ſolch' wilder Luſtbarkeit
Stets fremd geblieben, will – Du wehrſt mir's nicht –
Bei Dir ſein, während Jene draußen jagen!
(Auf **Wida** deutend, eine gewiſſe Eiferſucht hinter munterer Artigkeit ſchlecht verbergend.)
Dort aber wird die Freundin mich vertreten!
Beſchämt ſie doch die kühnſte Amazone!
So wild und feurig gibt's fürwahr kein Roß,
Das ſie nicht zähmt mit ihrer ſtarken Hand.
Und wenn ſie erſt im Sattel ſitzt, dann jagt
Dahin ſie mit dem Sturmwind um die Wette,
Den Vogel trifft im Flug ihr ſichrer Pfeil
Und weiter wirft kein Mann den Speer als ſie:
Hat hier ein Irrthum der Natur gewaltet?
Ein Männerherz birgt dieſe Frauenbruſt!

Wida (bei Seite.) O wüßteſt Du, wie ſchwach dies ſtarke Herz!
Predßlava. Das lieſt man kaum in ihren milden Augen.
Wer iſt dies Mädchen?
Judith. Eine Heimathsloſe,
Das einz'ge Kind des Erben eines Throns.
Aus Argwohn hat ſein Vater ihn verjagt.
Mein Gatte aber gab die Weiſung mir,
Dem Mann, den ſolches Ungemach verfolgt,
Mit ganzem Mitleid zugethan zu ſein
Und ihn zu ehren, ihn und — ſeine Tochter.
Iſt doch ſein Los dem unſeren verwandt!

Predßlava (bei Seite.) O, dieſe Worte!
Judith. Doch es unterſcheidet
Ihr Los ſich von dem unſern. Jener Fürſt
Hat nicht aus Eiferſucht — er hat aus Furcht
Den Sohn verbannt, daß dieſer nicht den Thron,
So lang er noch am Leben, an ſich reiße.

Wida. Mein Vater hat nie Arges wider ihn
Geführt im Schilde, doch ein Freund der Kämpfe,
Ward er von unſrem tapfern Volk geliebt,
Von dieſem Volk, das, naht es ſeiner Grenze,
Erzittern macht den Kaiſer von Byzanz.
Jetzt freilich muß es ruhm- und thatenlos
Zu Hauſe weilen, denn gebeugt und ſchwach
Und ruhbedürftig iſt ſein greiſer König.
Doch lebt ein Gott, wir kehren noch zurück
Und führen unſer allbezwingend Heer
Noch bis Byzanz und weiter — denn mein Vater,
So kühn er iſt, ſo weiſe iſt er auch!

Judith (für sich.) Sieh! — eine Taube, doch mit Adlerfängen!
Predßlava, (Wida umarmend.) Sei mir gegrüßt! Lebt Deine Mut=
   ter noch?
Wida. Nie kannt' ich sie. Mein Leben war ihr Tod!
Predßlava (seufzend bei sich). O, warum war solch' Glück nicht mir
   beschieden!
Judith (mit Beziehung auf Wida). Leicht wirst ihr Wesen nimmer
   Du erforschen,
   Die ist ganz anders, trann! als wir gewohnt!
   Fremd ist ihr Denken, fremd ist ihre Art . . .
Wida. Ein jedes Land hat seine eig'nen Sitten.
   Wir beten wohl zu einem andern Gott
   Und haben andre Bräuche und Gesetze.
   Doch strenge Zucht ist auch bei uns Gebot,
   Und Treue wohl auch mehr noch als bei Euch!
   Betrug und Treubruch sind uns nicht bekannt,
   Doch kennt man sie bei Euch — den milden Christen!
Judith. Ei, wie so scharf! Hast Du mir's nicht gesagt,
   Daß selbst der heil'ge Bund der Ehe lösbar
   bei Euch?
Wida.   Ja wohl! Bei uns kann nur das Herz
   Ein Recht verleihen auf ein Herz. Und wo
   Einmal sich Irrthum zeigt, die Liebe schwindet,
   Gleichgiltigkeit und oft noch Aergeres
   An ihre Stelle tritt — da ist kein Menschenpaar
   Durch einen unlösbaren Eid gebunden.
   Doch gibt's auch keinen treulosen Betrug,
   Denn man bekennt sein Fühlen sonder Scheu
   Und trennt sich friedlich, ohne weiter sich
   Zu quälen — Leiden hat nur der zu tragen,
   Der zu vergessen nicht vermag. Nicht so,
   Wie hier bei Euch, wo b e i d e Theile leiden!
Predßlava (bei Seite). O, wüßte sie, wie jedes Wort mich trifft!
Judith, (die Alles auf sich beziehend, ihren Haß bekämpfend, zu Wida).
   Dann gibt's bei Euch ja weder Treu' noch Tugend?
Wida. Das glaube nimmer! Selten ist die Trennung,
   Weil nur das Herz dem Herzen sich vermählt,
   Und um so häuf'ger ist die wahre Treue!
   (Begeistert): Fühl' ich's doch selber — wen i ch einmal liebte,
   Für den vergöss' ich freudig all mein Blut,
   Und treu blieb ich ihm, treu bis über's Grab!
Judith (zu Predßlava). Siehst Du? so fühlt, so denkt, so sprich'
   dies Mädchen,
   Das jetzt das Gastrecht hier genießt . . .

Mida.   (Ein Recht,
　　Das ich mit Dank Dir immer lohne, Fürstin!
　　Und das zu achten meine erste Pflicht,
　　Wenn auch . . .
Judith (kalt).   O, laß genug der Worte sein!
　　Dir, Mutter, muß ich eine Kunde bringen,
　　Die, fehlt ihr auch noch die Beglaubigung,
　　Uns doch erhebt!
Predßlava.   So ist es eine frohe?
Judith. Sie ist's für uns. Vernimm' denn: meines Vaters
　　Gesandter, der schon lange mit den höchsten
　　Ungrischen Herren insgeheim verkehrt,
　　Bringt uns die Botschaft, daß sie Alle, Alle,
　　Der Willkürherrschaft, die der blinde König —
　　Das heißt die Königin — auf dem Throne übt,
　　Vom Herzen satt. Und sie gelobten ihm,
　　Daß, wenn einmal mein Gatte plötzlich käme,
　　Mit einer tapfern Streitmacht hinter sich,
　　Das ganze Land sich ihm zur Seite schlüge,
　　Zu huldigen dem legitimen König, —
　　Denn der war nie ein And'rer, als Dein Sohn!
Predßlava. O, Himmel! wende von uns die Gefahr!
Judith. Sieh doch, Du zitterst! Wie? und nicht vor Freude!
　　Auf's neu ersteht die Hoffnung Deinem Sohn
　　Und Du, die Mutter, hörst dies nur erbleichend?
Predßlava. Zu klar zeigt mir d e r Hoffnung hoher Flug,
　　Daß auch bisher mein Sohn nicht glücklich war.
　　Ein großer Ehrgeiz füllt sein Wesen aus,
　　Er wird nicht ruh'n, bis er des Unheils Macht,
　　Die nur zu schlummern scheint, heraufbeschworen!
Judith. Er wird nicht ruh'n, bis er sein gutes Recht
　　Erkämpft!
Predßlava.   O, grause, fürchterliche Ahnung!
　　D u, D u hast s o l ch e n Wunsch in ihm entfacht!
Judith. Mich hat ein eitler Ehrgeiz nie geplagt,
　　Doch schmerzt es mich, so oft ich daran denke,
　　Daß sich das Recht muß beugen der Gewalt.
　　Mich schmerzt es, seh' ich Deinen Sohn. In Allem
　　So gütig, edel, tapfer, kühn und weise
　　　— S o schmückt nur einen Liebling die Natur —
　　Und er, der eine Welt beglücken könnte,
　　Auf einen Fußbreit Erde festgebannt!
　　Hier festgehalten in Halics, der stillen
　　Und winzigen Provinz! Ein Herrschersitz,

— Hält man dem Ungarthron ihn gegenüber —
Armselig wie ein dürft'ger Webestuhl!
Predßlava. O, diese Worte! Als Dein Vater Dich,
Des mächt'gen Fürsten Kind, i h m gab zum Weibe,
War e r berufen noch auf einen Thron,
Und wohl hast Du, da Du die Hand ihm reichtest,
Auf größern Glanz und größ're Macht gehofft,
Als Du im Hause Deines Vaters sahst.
Die Hoffnung war — ach — trügerisch! Und nun
Ist's dieser Wurm, der nagt an Deinem Herzen!
O, zittern macht mich, was ich kommen seh'!
Judith. Halt ein, durch solchen Argwohn mich zu kränken!

4. Szene.

B o r i c s (rasch eintretend). **D i e V o r i g e n.**

Borics. Mutter!
Predßlava.   Mein Sohn! (Umarmung.)
Borics.   Nun aber bin ich Dein!
Predßlava. Mein Sohn, bist Du auch glücklich und zufrieden?
Borics. D i e Frage, Mutter?
Predßlava.   O, antworte mir,
Doch sonder Rückhalt: Bist Du froh und glücklich?
Borics. Wie wär' ich's nicht? (**J u d i t h** an die Brust ziehend).
          Hab ich nicht hier ein Weib,
Das schon auf Erden mir den Himmel beut?
Hat Gott nicht selber unsern Bund gesegnet?
O, wenn Du erst mein herzig Söhnlein säh'st,
Wie's in die Händchen klatscht, wenn's uns erblickt!
Just lernt es geh'n! O, wie himmlisch lustig!
Ich und mein Weib, wir hocken — von einander
Nicht fern — uns auf die Erde nieder, und
Das Püppchen muß zu mir und muß zu ihr,
Ohn' Unterlaß zum Vater und zur Mutter,
Und purzelt hier und dort in off'ne Arme,
Und hier wie dort wird es als Liebesbote
Mit Küssen nur empfangen und entlassen.
Es ist z u lieblich!
Predßlava (**J u d i t h** die Hand reichend). Hab' ich Dich verletzt,
Verzeih! O, Du beglückst ja meinen Sohn!
Borics (zu **J u d i t h**). Hast Du die Mutter mir gekränkt?
Judith.   Behüte!
Sie wähnte, daß der Himmel uns'res Glücks

Von dräuendem Gewölk umzogen, weil
Dein Sinnen nach dem Königsthrone steht,
Den Béla einnimmt wider Fug und Recht!
Borics. Dein Schicksal, Mutter, lehrte mich ertragen!
Weit mehr verlieren Jene, welche dulden,
Daß rohe Willkür ein so schweres Joch
Auf ihren Nacken wälzt. Nicht größ'res Unglück
Gibt's für ein Land, als einen blinden König,
Der einem Weib das Szepter anvertraut.
Weit mehr als ich sind J e n e zu beklagen.
Ruhmrederei ist's nimmer, wenn ich frage:
Was war dies Halics, da ich es betrat,
Was ist es heute? — Damals ausgesogen,
Genießt es Wohlstand jetzt und Ueberfluß.
Hört man bei uns auch nur ein Wort der Klage
Seit jener Zeit, da ich das Szepter führe?
Doch Jene, die die Zügel der Regierung
Noch kaum erfaßt, mißhandeln so ihr Volk,
Daß der bedrückten Unterthanen Flüche
Und Wehgeschrei zu uns herüber hallen.
Predßlava. O, achte nicht auf diese Jammerrufe,
Sie locken Dich, mein Sohn, nur in Gefahr!
Borics. „Laß sie nur jammern!" Das ist leicht gesagt,
„Sie haben es verdient!" Doch nicht für mich,
— Ich bin ja ohne diese Sorgen glücklich —
Für D i ch will ich den Thron, für Dich, o Mutter,
Auf deren Haupt sie so viel Leid gehäuft!
Den Vater kann ich nicht beschuldigen,
Er war nur schwach und glaubte dem Gezücht,
Ja, Kummer und Gewissensbisse haben
— Wie oft hat mir mein Bruder es erzählt! —
Auch ihm, dem edlen Mann, den Tod gegeben!
Nun, gute Mutter, w i l l ich diesen Thron,
Doch nur, damit ihn Du nach Deinem Recht,
An meiner Seite zierst, und die Verleumder,
Die noch nicht ihre Seele ausgespie'n,
In Anbetung vor Dir im Staube liegen!
Predßlava. Nein! solche Waffe soll die Rache nicht
Für mich Dir in die Hände geben. Längst
Hab' ich verziehen allen meinen Feinden!
Laß Deine Mutter — ich beschwöre Dich! —
Gestorben hier — nur nichts um m e i n e t willen,
Wenn Du mich liebst, geh' nicht mehr unter sie!
Dies Land, mein Sohn, von der Parteien Hader
Zerklüftet ist's — nur Unheil bringt es Dir!

Borics. Laß diese Sorge, Mutter ... Siehe da!
Der Vater meiner Gattin! Edler Fürst,
Er kommt wie er's verhieß!

5. Szene.

Bolesław. Die Vorigen.

Bolesław. Und nicht allein!
(Zu **Predßlava.**) Seid hohe Frau, mir ehrfurchtsvoll begrüßt!
(Zu **Borics.**) Die Kunde, so Dir mein Gesandter brachte,
War nur der Donner — der dem Blitz gefolgt,
Der aber hat ganz tüchtig eingeschlagen!
Kaum warst Du fort, als eine starke Zahl
Von Flüchtigen an meinem Hof erschien, —
Sie Alle sind hieher mit mir gekommen.
Nun höre selber, überlege, eh'
Du die Entscheidung triffst ...
Predßlava (unruhig). Wie? Hör' ich recht?
Mein Sohn soll sich entscheiden? Und wofür?
Bolesław. Ich muß Euch bitten, bleibt auch Ihr zugegen,
Denn eine inhaltsvolle Stunde naht,
Die Eures Sohnes ganze Zukunft birgt.
Leicht, daß auch Ihr von diesen düstern Mauern
Für immer Abschied nehmt. Doch daß kein Blick
Aus fremdem Auge Euch verletz', umhüllt
Eu'r Antlitz mit dem Schleier.
Predßlava (den Schleier herablassend, bei Seite). Wie ich zitt're!
Bolesław (öffnet die Seitenthüre). Ich bitt' Euch, edle Herren,
tretet ein!

6. Szene.

(**Sámson, Csanád, Follus, Titus, Tamáfi, Torda. Erster, zweiter** und **dritter polnischer Magnat, Bodomer, polnische Magnaten,** die **Vorigen. Bolesław, Borics, Predßlava, Judith Wida** und **Bodomer** nehmen die Plätze im Vordergrunde ein, in der Mitte die **Magyaren,** rechts die **Polen.**)

Bolesław (auf **Borics** deutend, zu den Flüchtlingen). Hier Euer Fürst!
Sámson. Beim Himmel er! (Zu den **Ungarn.**) Seht hin,
Vor Euch glänzt eines Königs Majestät,
O, eine hoheitsvoll're Stirn als diese
Hat nie die heil'ge Krone noch geziert!
Borics. Euch allen Gott zum Gruß! Laßt mich erfahren,
Wer seid Ihr, und warum seid Ihr gekommen?

Sámson. Du fragst uns, wer wir sind, erhab'ner Fürst, —
Wir sind, was Du bist: ehrliche Magyaren,
Die in der Fremde als Verbannte trauern,
Doch deren Wort des ganzen Ungarvolkes,
Des ganzen Landes, treuer Dolmetsch ist.
(Mit wachsender Leidenschaft.) Uns hat Gewalt und schnöde Tyrannei
Beraubt all' uns'rer heil'gen Rechte. Niemals
Ward solche grause Unthat noch verübt
Als die, von der wir nun Dir Kunde bringen!
Ein Weib voll Blutgier — nein, es war kein Weib,
So schlecht ist keine unter ihnen, keine,
Daß nicht ein Strahl vom Himmelsglanz der Gnade
Den Weg zu ihrem Herzen fände! Nein —
Ein höllisch Ungeheu'r in Weibsgestalt,
Beruft sie uns zur Schaffung der Gesetze
Mit Schmeichelwort und gleißnerischem Blick;
Doch früher war mit feilen Meuchelmördern
Der Handel abgeschlossen — und ihre Räthe,
Die e d l e n Räthe wurden — Henkersknechte!
(Außer sich): Blut! Blut! weh', meines Vaters Blut! Ich seh'
Die ganze Welt in Blut! Gebt Waffen! Waffen!
Genug der Worte!... Waffen!... Ich ersticke!...,

(Sinkt in seiner Raserei rücklings und wird in den Armen der Anderen aufgefangen.)

Torda. Vergib ihm, großer Fürst; er ist noch jung.
Die Meuchelmörder haben ihm den Vater
Getödtet — laß m i c h Alles Dir erzählen:
Der König rief uns Alle zur Versammlung
Nach Arad. Arges ahnte von uns Keiner
Und willig folgte Jeder seinem Ruf,
Obgleich wir niemals hielten zur Partei,
Mit welcher Almos, dieses Maulwurfs Vater,
Zur Zeit Koloman's uns'res Landes Frieden
So oft gestört, mit welcher er so oft
Den Krieg von auswärts trug in uns're Heimath,
Die reichen Fluren dieses Land's vernichtend.
Uns selber war im ersten Augenblick,
Da er den Königsthron noch kaum bestiegen,
Klar unser Los geworden — nur zu klar!
Beseitigt waren Alle wir im Nu,
Und uns'rer Aemter wurden wir entsetzt,
Um den Verräthern sie als Lohn zu weih'n.
Wir trugen's still, beklagend dieses Land,
Deß' Schicksal nun vertraut war solchen Händen
Wir trugen's, um den Frieden nicht zu stören,

Wir trugen's, um die Sache unf'res Landes
Nicht zu gefährden unf'rer Sache wegen!
Erster poln. Magnat (zu den Uebrigen). Die wackern, guten, braven
Patrioten!
(Zustimmende Bewegungen der Andern.)
Torda (zu **Borics**). Auch Du, o Fürst, warst ja so groß in Dulden!
Daß Du entsagt, gewürdigt haben wir's,
Und nur bewundernd sahen wir, wie groß
Im Thun und Denken, wie so wahr und selbstlos.
Wie hochherzig Du bist! Du fühlst mit uns,
Ja, Du bist unser, und ein Ungarherz,
Ein Herz voll Treue schlägt in Deiner Brust!
Zweiter poln. Magn. (zu den Uebrigen). Ein schreiend Unrecht ward
ihm angethan!
(Zustimmende Bewegung der Uebrigen.)
Torda. Rein fühlten unser Selbstbewußtsein wir,
Und als dem Ruf des Königs wir gefolgt,
Geschah's in bester Absicht. Was wir wollten,
Es war nichts Anderes, als für die Wunden,
An denen unser Land darniederlag,
Die einzig richtige Arznei zu schaffen,
Den Balsam guter, heilsamer Gesetze!
(Zu den Polen gewendet.)
Und außerdem war's unter uns bestimmt,
Daß wir zur Sprache bringen jenes Bündniß,
Durch das zwei große, mächt'ge Nationen,
Die Ungarn und die Polen, miteinander
Zu b e i d e r Glück geeinigt werden sollten!
Dritter poln. Magnat. Seht, das sind unf're Freunde!
Die Polen.   Ja, das sind sie!
Torda. Der König nun eröffnete den Reichstag,
Und wir begannen redlich die Berathung.
Da trat die Kön'gin ein — mit ihren Kindern,
Damit die Wirkung um so größer sei!
Im Vorhinein war Alles festgestellt:
Ganz in der Nähe lauerte ein Haufe
In Waffen — (bitter). Seine A r b e i t kam zum S c h l u ß.
Die Königin hebt nun zu reden an,
Aus ihren Augen lodert wilde Rache,
Obgleich sie schluchzt und sogar Thränen heuchelt...
Erster poln. Magnat. Was bracht' sie vor?
Torda (mit gesenktem Tone).   Sie sagte, daß ihr Gatte,
Der König, blind, und w i r die That verschuldet —
Wir, die des großen Fürsten Koloman,
Den Béla Vater nennt, Getreue waren,

Desselben Fürsten, der ja Álmos auch
Und seinen Sohn des Augenlichts beraubte,
Nach dem Gesetze, wegen Felonie!
Dann klagte sie, wie glückberaubt sie sei.
(Mit bitterem Hohn.) So jung, so reizvoll, so begehrenswerth,
Bei Alledem des Gatten Blick verschlossen!
Jetzt aber fordre sie, daß jene Männer,
Die einst — dem legitimen König treu —
Dem A l m o s gegenüber standen, der
Im engen Bund mit feilen Meuchelmördern
Den eig'nen Bruder — wie's erwiesen ward —
Berauben wollte seines Thron's und Lebens:
Daß alle Jene, die das Vaterland
Und seinen legitimen König liebten,
Nunmehr dem Tode überliefert werden!
Denn Rache wollte sie! das sanfte Weib.
Es will ein Meer von Blut um sich, es will,
Daß ein Gesetz d i e r o t h e Sündfluth schaffe!
Und um zu zeigen, daß sie weine, hielt
Das Tuch sie vor das fromme Angesicht —
D a s war das Zeichen! Feile Höflinge
Und wer noch sonst zu ihr hielt — sie verstanden
Vortrefflich! Alle zogen ihre Schwerter.
„Tod den Verräthern!" hallt es durch den Saal.
Sie waren nur gering an Zahl; die Mehrheit
Stand ihnen hier vernichtend gegenüber —
Da drang der Spießgesellen Schaar herein,
Aus feilen Söldnern sorgsam ausgewählt,
An Rohheit nur dem wilden Thier vergleichbar,
Blutrünst'ge Teufel, deren heiße Gier
O, zehnmal Pfui, gesteigert ward durch Wein!
Und es begann die grause Metzelei:
Zur Schlachtbank ward der hehre Landtagssaal.
Hier wird ein graues Haupt entzweigespalten,
Das eig'ne Blut färbt roth ein Silberhaar,
Das in der Sorge um das Land erblichen,
Noch taumelnd segnet er das Vaterland;
„Mein armes Reich!" haucht er, und bricht zusammen.

Alle. Entsetzlich!
Erster poln. Magn. Und hat Keiner ihn vertheidigt?
Torda. Drei Heldensöhne drangen vor zu ihm —
Doch an der Leiche ihres Vaters wurden
Auch sie vom Schwert der Mörder hingeschlachtet.
Erster poln. Magn. O Niedertracht!
Zweiter poln. Magn. Und das im Sitzungssaal?

Torda. Dort muß ein wack'rer Held, ein kühner Führer,
Der oft im heil'gen Streit für's Vaterland
Sein Blut vergoß, und dessen Muth und Weisheit
Uns manche Schlacht gewann — mit Meuchlern jetzt
Um's blanke Leben kämpfen, und als Preis
Dafür, daß er das Land gerettet,
Krönt nun ein blut'ger Kranz sein Heldenhaupt!
Alle (mit den Schwertern rasselnd). Um Rache schreit die niederträcht'ge
 Schmach!
Torda (auf Samson deutend). Der Vater dieses Jünglings ward,
 nachdem
Das Blut ihm reichlich aus den Wunden quoll,
Geviertheilt erst, dann auf den Pfahl gespießt.
Warum? — (Er war Parteimann nie gewesen—
Man brauchte seinen großen G r u n d b e s i tz,
Den dann die Günstlinge und Meuchelmörder
Als gute Beute unter sich vertheilten.
M i r raubten sie den einz'gen Sohn, die Leiche
Bedeckte mich, und rettete mein Leben —
(Gen Himmel blickend) O hätten sie doch lieber mich getödtet!
Der einz'ge Sohn! Mit ihm erlischt mein Stamm!
Die Polen. Der Arme!
Torda. Doch wer wird des eig'nen Leid's
Gedenken in gemeinsamer Gefahr?...
An Ort und Stelle wurden achtundsechzig
Hochedler Namen Träger hingemetzelt.
Und als vorbei die grause Schlächterei,
Begann die himmelschreiende Verfolgung.
Wer immer von den Höflingen gehaßt war,
Nach wessen Gütern sie gelechzt, der war
Verurtheilt, all' die Seinen gleich mit ihm;
Was nicht entfloh, das wurde hingemordet.
Es drängt die düst're Schaar der Flüchtigen
Hinaus zu allen Seiten uns'res Landes.
Wer Reichthum sich erworben und Verdienst,
Dem droht Gefahr, denn — sicher sind nur Bettler,
Und Günstlinge und Vaterlandsverräther!
Bodomer. Und dazu schwieg das Land? und schweigt es noch?
Torda. Was konnt' es thun, wo hundert gegen Einen?
Ein grauser Sieg war's finsterer Gewalt,
Die heute noch das Land wie damals knechtet.
Doch durch die große Mehrheit dieses Volkes
Geht schon seit lange eine tiefe Gährung.
Zum Kampf bereit, harrt man des Zeichens nur,
Und kommen w i r mit einer tapferen Streitmacht,

Folgt diese Mehrheit jauchzend unf'rer Fahne,
Um opferfreudig in den Kampf zu ziehn;
Doch glaub' ich kaum, daß es zum Schlagen kommt,
Denn dieses Weib voll Blutgier und ihr Mann,
Der blinde, unbeholf'ne, schwache König,
Verlassen werden sie sich plötzlich seh'n,
Und unser Kriegsgang ist nur ein Triumphzug!
D'rum, großer Fürst, erkläre Du den Krieg,
Und folge unsrem Ruf als unser König!
(Alle drängen sich allmälig in seine Nähe.)

Csanád. Sei unf'res armen Vaterland's Befreier!
Tamási. Dein ist das Recht! Álmos war ein Verräther,
Nach dem Gesetze ward er exilirt
Und auch der Rechte seines Sohnes Béla
Verlustig. D i r gebührt der Thron . . .
Folkus. Und wäre
Er auch durch freie Wahl auf ihn erhoben,
Den Thron hat längst er selber schon verwirkt,
Mit Füßen trat er unsere Gesetze,
Ihn zu entfernen ist nun unser Recht!
Titus. Nach Rache schreit der Opfer rauchend Blut,
Ein Gott der Strafe kämpft an unsrer Seite!
Sámson. Und gibt's dort oben nicht Gerechtigkeit,
Will ich a l l e i n die Schlangenbrut vertilgen,
Den Thron, für Dich, o Fürst, von ihr befrein!
Erster poln. Magn. Wer, der kein steinern Herz hat, bleibt zurück?
Zweiter poln. Magn. Ich folge Dir mit meiner Kämpferschaar!
Dritter poln. Magn. Wir Alle ziehen mit! Wir Alle, Alle!
Die Polen.
Alle. } Es lebe Borics!
Bodomer (reicht ihm die Hand). . . . . Gönne mir die Huld,
Gastrecht hast Du gewährt dem Heimathlosen,
Laß ihn fortab Dir ein Genosse sein,
Und Freud' und Leid mit Dir in Treue theilen!
Borics (tief bewegt). Mein Innerstes liegt offen vor dem Himmel,
Nicht Freude — Kummer drängt in's Auge mir
Die Thräne, längst hab' ich mich ausgesöhnt
Mit meinem Schicksal — der ererbten Krone
Entsagt' ich längst, und nie, das schwör' ich hier,
Hätt' ich, um einen Thron mir zu erobern,
Den Frieden unsres Vaterlands gestört.
Doch so verzweiflungsvoll ist nun sein Los,
Daß Männer selbst (auf die Polen deutend), die nicht durch die
Geburt,
Und nicht durch Blutes Bande ihm gehören,

Ihm Thränen weihen heißen Mitgefühls:
Wie bliebe da mein Herz, das in der Liebe
Zu diesem Lande wurzelt — unbewegt?
Nur Feigheit' wär' es, schritt' ich nicht zur That,
Verleugnen müßt' ich, daß in meinen Adern
Blut meines Vaters, königliches Blut,
Daß ehrlich Ungarblut in ihnen rollt.
Beschlossen sei's: Den Thron — ich nehm' ihn an!

Die Ungarn. Es lebe König Borics!
Die Polen. Hoch der König!
Predszlava (außer sich). Halt ein, mein Sohn!
Borics (mit Gluth). Vergib mir, daß der Jammer
Des Landes jenen Platz in meinem Herzen,
Der Dir zuerst gebührte, ausgefüllt!
Nun magst Du wieder stolz das Haupt erheben,
Weg mit dem Schmerz aus diesem Angesicht!
Die braven Männer, die als Flücht'ge hier,
Die hart und schwer des Schicksals Hand getroffen,
Und deren Aug' ein Thränenstrom entquillt,
Und deren Herz den Todesstoß erduldet,
Sie mögen sehn, daß es ein Wesen gibt,
Des Mitleids in noch höh'rem Maße werth!
O, lüfte diesen Schleier — keine Schmach
Verhüllt er, nur ein Opfer der Verleumdung.
Ihr Herren, diese schwergeprüfte Frau,
Verfolgt von Gram und Leid, ist meine Mutter!
O, huldigt der v e r l a s s 'n e n Königin!
(Will den Schleier heben.)
Predszlava. Laß mir den Schleier, der mir Kummer hüllt!
Kein fremder Blick soll je dies Antlitz schaun,
Und keine Huldigung vor ihm erstehn!
Torda (mit einigem Drängen). Vergeßt, o Königin, die Vergangenheit,
Seid Eures Sohnes glücklich — was auch jemals
An schnöder Unbill Euch ward angethan,
An Eurem Sohn wird's tausendfach vergolten!
Sámson. Was säumt Ihr noch? Mit welchem Rechte ruft
Den Sohn Ihr, wenn der Mutter Ihr nicht huldigt?
Die Ungarn (sich verneigend). Sei uns gegrüßt, erhab'ne Königin!
Borics. Nun Deinen Segen, Mutter!
Predszlava (fällt ihm verzweiflungsvoll um den Hals.) O, mein Sohn,
Zieh' nicht von hinnen! Unheil bringt es Dir!
Borics. Entschieden ist's und fest ist mein Entschluß,
Das Recht, das Vaterland — Gott ist mit mir!
Gib Deinen Segen mir, und laß' mich ziehn!

Predsjlava (nach langem innern Kampfe sich losreißend). So mag der
                Himmel Dein Beginnen segnen!
    (Sinkt in den Stuhl und weint mit abgewendetem Gesichte.)
Borics. Weib, Gott mit Dir! und tröste mir die Mutter!
Judith. So lang' Du fern, bleib' ich im Kloster hier
    Und bete, daß Du wiederkehrst als König!
    Kommst Du nicht wieder — sind' ich hier mein Grab!
Borics (zu **Wida**). Und bleibst auch Du?
Wida.   Dir folg' ich in den Kampf,
    Bringt er nicht Sieg, mag er den Tod mir bringen!
Judith (mit blitzendem Blick, bei Seite). O, dieses Weib!
Borics.   Du zitterst, Du erblassest?
Judith (rasch). Der Schmerz der Trennung, nichts — nichts Anderes.
    (Bei Seite). O, dieses Weib! — mich tödtet der Verdacht!
Borics. Bald gibt's für uns ein freudig Wiedersehn!
    (Küßt sie auf die Stirne).
    An dieses Kusses Stelle — eine Krone!
    Gott sei mit uns! Nun, Freunde, auf zur That!
    Mit banger Trauer blickt man hier uns nach,
    Mit banger Hoffnung sind wir dort erwartet —
    Thränen zum Abschied hier, zum Willkommen dort, —
    So gebe Gott, daß es die letzten sei'n,
    Und Freude uns begrüße hier wie dort!
Samson. Auf! Zu den Waffen!
Torda. Auf! Zum Kampf fürs Recht!
Borics. Gesichert sei's dem künftigen Geschlecht,
    Doch werd' es auch dem lebenden zu Theil!
Die Polen. Es lebe Borics!
Alle.   König Borics Heil!

            (D e r V o r h a n g f ä l l t.)

Zweiter Aufzug.

(**Borics'** Lager am Ufer des Sajó-Flusses. In der Ferne ist das Lager des Königs Béla sichtbar. Morgendämmerung.)

1. Szene.

Wida. (In Rüstung, statuenhaft dastehend, auf ihren Speer gestützt.)
Das Morgenroth bricht an — vielleicht auch mir!
O, dräng' es auch in meines Herzens Tiefe!
Du aber, Sonne, laß' im Schlei'r der Nacht
Verhüllt noch sein mein Angesicht. Mag Niemand
Erröthen sehn dies Antlitz, weil ein Herz
Ohnmächtig zu erliegen droht im Kampfe.
Ich, die ein Vater, dem kein Sohn gegeben,
Für Krieg und Kampf erzog — o eitle Heldin! —
Muß mich der Liebe beugen als besiegt!
Ich, die dereinst ein stolzes, kühnes Volk
Beherrschen soll, kann m i c h noch nicht beherrschen!
Ich, die man als der Schlachten Göttin pries,
Da ich, an meines Vaters Seite kämpfend,
Des Feindes jugendkräft'gen Führer einst
Vom Pferde stach mit e i n e m Lanzenstoß,
Bin Opfer selber eines winz'gen Pfeils,
Den ich mir selbst in's Herz noch tiefer jage.
Weh mir, mit so viel Mannesmuth und Kraft
Nichts als ein schwaches, kraftverlass'nes Weib!
(Ein Blick trug mir den Funken in das Herz,
Der fürchterlich verheerend um sich greift!
Als von der Drangsal der Verfolgung ihm
Als von der Noth ich und Gefahr erzählt,
Die meines Vaters Vater über uns

Heraufbeschworen — wie erglänzte da
In seinem treuen Blick des Mitleids Thräne!
Mit Einem sah ich Höll' und Himmel offen;
Und aus der Hölle glühte mir entgegen
Der Haß gen jenes Weib, das sein Gemahl,
Und aus dem Himmel zuckt ein Strahl der Liebe
Für ihn mir in das selbstverlorne Herz.
Weh, daß ich erst, nachdem er mich verschlungen,
Des grausen Abgrunds Tiefe ganz erkannt!
Verhängniß! Er vergöttert dieses Weib
Und nur verborg'ne Qual ist mir beschieden!
(Es tagt. Im Lager zeigen sich Krieger.)
So lang ich lebe, werd' er's nie gewahr, —
Für ihn zu kämpfen sei mein Todeskampf!
O, gütiges Geschick, nur eine Gnade
Gewähre mir: Laß ihn mir nahe sein,
Wenn meine Sterbestunde schlägt. Und wenn
Im Tode mein erbleichend Antlitz nimmer
Vor ihm erröthen kann, laß mich ihm sagen:
Mir ward ein höchstes Glück — der Tod für Dich!
(Entfernt sich rasch.)

2. Szene.

Samson. Csanád. Ein Knappe.

Samson (zum **Knappen**). Bring mir mein Roß, eh' sich mein
Blut gekühlt!
Csanád. Du rasest! (**Knappe** ab.)
Samson. Dir raubt Wahnwitz den Verstand!
Du siehst der Unglücksraben schwarze Schaar
Nicht, die verderbend unser Haupt umkreist.
Wo gibt es eine Hoffnung hier auf Sieg,
Wo eine Zuflucht nach verlor'ner Schlacht?
Ein Blick d o r t h i n — ein Blick in u n s e r Lager
Erweist es klar: dort harren kühne Streiter,
Des Landes beste Söhne, dieser Schlacht,
Hier aber nur verlottertes Gesindel, —
Im besten Falle gut, wenn's plündern gilt,
Gut, vor dem Feind im Hui Reißaus zu nehmen!
Wir haben uns getäuscht. Dies Weib hält alle
Zusammen, wie mit einer Faust von Stahl!
Csanád. Laß erst die Schlacht im Zuge sein — was gilt's,
Zu Kampfgenossen werden diese Gegner?

Sámson. Du magst an Wunder glauben, ich will handeln!
Mit einem Schlage wird Euch Allen Heilung,
Die Ihr bereits am Sterbebette liegt,
Und Heilung auch der Wunde (sich an's Herz schlagend) die hier
brennt,
Der Schmach, die nur sein Blut vermag zu tilgen!
Csanád. Welch Wagniß hast Du vor?
Sámson. Ich geh' allein,
Ein weißes Tuch, um meinen Arm gebunden
— Ihr Feldabzeichen ist's — läßt unbehelligt
Gelangen mich bis vor des Königs Zelt.
Dort steig ich ab, mein Roß hart auf dem Fleck
Der Wiederkehr des Herrn. Nun tret' ich ein,
Als wollt' ich Huldigung dem König bringen,
Das Uebrige vollzieht die flinke Hand.
Gelingts, bringt mich mein Roß wohl auch zurück.
Nun Gott mit Dir, doch sollte mir's mißlingen
Und kehr' ich nicht zurück, dann rath' ich Dir,
Entflieh sofort, entflieh, so weit Du kannst!
(Stürmt davon.)
Csanád (verwundert den Kopf schüttelnd, eilt ihm nach).

5. Szene.

(**Erster, zweiter** und **dritter polnischer Magnat.**)

Dritter. Die Sonn' ist blutigroth emporgestiegen,
Wir seh'n sie — fürcht' ich — nicht mehr untergehn!
Zweiter. Was ängstigt Dich?
Dritter. Ich habe nun seit gestern
Dies Lager hier durchstreift die Kreuz und Quer,
Soll ich Dir sagen, was mich dänkt?
Zweiter. Laß hören!
Dritter. Zweideutige Gesellschaft, scheint mir, ist's,
In die wir hier gerathen. Haben nicht
Die Flücht'gen uns versichert, daß die Besten
Des Landes uns zur Seite stehn? Fürwahr,
Wenn das die Besten sind, dann weiß ich nimmer
Wie's um den Bodensatz beschaffen ist.
Hat man uns nicht gesagt, daß unser Heer,
Und wär's auch winzig wie ein Bächlein nur,
Wenn erst des Landes Grenze überschritten,
Durch eine Volksmacht, die sich ihm gesellt,
Anschwellen werde wie das weite Meer?

Fürwahr, wenn dies das Meer, dann hält die Ebbe
Wohl gar zu lange an, und abzuwarten
Die Zeit der Fluth scheint mir gar sehr gerathen!
Erster. Du aber siehst die Dinge gar zu schwarz!
Der Feind, obgleich von sichtbar starker Macht,
Die eherne Gewalt zusammenhält,
Gleicht nur dem Fasse: lockerst Du den Reif,
So geh'n die Dauben haltlos auseinander.
Und ist denn unsre Zahl gar so gering?
Und hat nicht öfter schon geringe Streitmacht
Durch ihren Muth die größere besiegt?
Zur Kurzweil nicht sind wir hiehergekommen,
Gerechter Sach' ist unser Kampf geweiht,
Zu schützen gilt's den schwer bedrängten Nachbar:
Erweisen wir als tapf're Helden uns,
Wir brachten Ehre her durch unser Kommen,
Nur Schande brächte uns die feige Flucht!
Zweiter. Du sprichst nicht anders als wir Alle denken!

4. Szene.

(**Borics, Torda, Bodomer, Folkus, Titus, Tamási,** polnische und ungarische Krieger.)

Torda. Bei Gott, das war nicht wohl bedacht, mein König!
 Ein treuer Freund gab nimmer Dir den Rath!
Erster poln. Magnat. Was ist geschehn?
Bodomer. Ich hab' es gutgeheißen.
 Und keinen treuern Freund hat er als mich!
Borics. Ich aber glaube, daß Dein Rath gebilligt
 Auch von den polnischen Magnaten wird.
Erster poln. Magnat. So gib, o König, ihn auch uns zu wissen!
Borics. Ein Herold aus des Feindes Lager bracht'
 Die Kunde uns, daß eben eine Schaar
 Von Abgesandten auf dem Wege sei,
 Die wir empfangen sollen.
Dritter poln. Magnat. Recht und billig!
Torda. Doch auch, daß wir Magnaten beim Empfang
 Zugegen seien, haben sie bedungen.
Erster poln. Magnat. Das werden wir! Sind wir denn nicht Königs
 Verbündete? Wie? Kann man ohne uns
 Verhandeln mit dem Feinde? Darf man es?

Borics. Wenn sie es selber nicht bedungen hätten,
Ich hätt's gethan.
Torda. Ich aber sage Euch,
Das wird ein heftig Wortgefechte geben!
Borics. Soll ich es etwa fürchten, und warum?
Sind Wahrheit nicht und Recht auf meiner Seite?
Die Krone mir erringen, nicht erstehlen,
Bin ich gekommen da sie mir gebührt!
Viel höher gilt es mir, daß durch mein Wort,
Denn daß ich durch mein Schwert sie überzeuge.
Was frommt ein Sieg mir, wenn mir's nicht gelingt,
Auch ihre Herzen zu besiegen! Nur
Die Huldigung, die aus dem Herzen stammt,
Verleiht dem Herrscherthrone sich're Stütze.
Bodomer. Was fürchtet Ihr? Ein Wort bringt keinen um!
Tamási. Und w e n n auch — um so sich'rer siegen wir!
Denn wahrlich, nicht gering wiegt uns're Rede,
Wenn sie des Tags von Arad erst gedenkt!
Hat denn die Hölle Finsterniß genug,
Um diesen blut'gen Tag noch zu verdunkeln?
Und hat der Himmel die Barmherzigkeit,
Um solche Unthat jemals zu verzeih'n?
Torda. Mir bangt — die Sache nimmt ein schlimmes Ende!
(Lärm von Außen.)
Borics. Was gibt's
Bodomer. Die Unsern drängen her an's Ufer!
Folkus. Und auch im ander'n Lager — seht doch hin! —
Wie Alle hastig durcheinander rennen!
(Alle drängen sich hin, um nachzusehen.)

5. Szene.

(T i t u s, gleich darauf E s a n á d, die U e b r i g e n.)

Bodomer. Der kommt von dort!
Borics. Was gibt's!
Titus. Es ist vorbei!
Mir hat's ein Augenzeug' erzählt, der eben
Daran war, dort im Fluß sein Roß zu tränken.
Von drüben hört er plötzlich Lärm und sieht
Ganz ungewohnte Hast im Feindeslager.
Nun sprengt ein Reitersmann des Wegs daher
G'rad auf den Fluß zu — und vom hohen Ufer
Auch in die Fluth. Ihm nach in wilder Jagd

Ein Zweiter, seinem kühnen Sprunge folgend.
Bald war viel Streitervolk herbeigeeilt,
Und S a m s o n in den Fliehenden erkannt.
Rasch band man Stähne los, um ihn zu retten,
Doch rascher, als wir es gedacht, flog ihm
Des Feindes Lanze nach, und schwer getroffen
Sank er kopfüber in das nasse Grab —
Sein Roß kam ohne Reiter an das Ufer!
Alle. So ist er todt?
Titus. Er kam nicht mehr zum Vorschein.
Borics. Was hat in's Feindeslager ihn geführt?
Csanád (vortretend). Ein Wagniß, wie es Wahnwitz nur ersinnt,
Und nicht gelang mir's ihn zurückzuhalten.
Doch glückt' es ihm — so gäb' es drüben jetzt
Wehklage nur, in uns'rem Lager Jubel,
Denn jener König hätte ausgelebt!
Borics (überrascht). Was sagst Du da? Der König? Hör' ich recht?
Csanád. Um ihn zu t ö d t e n, war er hingegangen!
Borics. O, unglückseliger Gedanke!
Dritter poln. Magnat. Uns
Wird man der Unthat zeihn. Der Ueberfall
Auf einen Blinden, der sich seiner Haut
Nicht wehren kann, ist keine Heldenthat.
Torda. Doch Hunderte im Landtagssaal zu morden
Ist rühmlich? wie?
Erster poln. Magnat. Das ist ein feiger Held,
Der nur die Grausamkeit vom Feinde lernt.
Borics. Bei Gott, ich hätt' Erfolg ihm nicht gewünscht,
Und wer mir jemals solchen Plan's verdächtig,
Den schlüge ich in Fesseln — weh dem Haupte,
Das sich den gold'nen Reif durch Mord erwirbt!
(Trompetenstöße.)
Bodomer. Das sind die Abgesandten.
Borics. Gebt das Zeichen!
(Trompetensignale antworten.)
Ihr Herrn und Ritter, feierlich gelobt' ich,
Daß w e r auch naht, hier f r e i erscheinen kann,
Frei vor uns reden darf, wie's ihm gefällt.
D'rum gilt es, mit Geduld sie anzuhören
Und selbst zu reden sonder Leidenschaft —
Genügend wiegt das Recht im Bund mit Wahrheit!

6. Szene.

(Mehrere Kähne nahen dem Ufer; der eine landet und ihm entsteigen **z w e i
H e r o l d e** und der **Palatin**, welcher Letztere am Ufer stehen bleibt.)

Borics (zum **Palatin**.) Soll ich Dich, wie es Deinem Rang gebührt,
 Begrüßen können, sage mir: Wer bist Du?
Palatin. Als Palatin der Erste nach dem König!
Borics. Warum trittst Du nicht näher und warum
 Sind, die mit Dir, dem Boote nicht entstiegen?
Palatin. Weil ich nicht weiß, ob hier nicht Mörder sind,
 Und gilt's ein Leben, sei's allein das meine!
Borics. Daß frei Ihr kommen dürft, hab' ich gelobt:
 Und Helden sind es, die Euch hier erwarten.
Palatin. Im selben Augenblick vielleicht, da Du's
 Beim heil'gen Kreuz uns zugelobt, drang dort
 Ein Meuchelmörder in das Zelt des Königs.
Borics. Und glaubst Du, daß auch wir darum gewußt,
 Gebilligt das wahnwitz'ge Unterfangen?
Palatin. Was ich hier glauben soll, ich weiß es nicht —
 Auch weiß ich nicht, wie Ihr, was dort geplant,
 Zu nennen pflegt — wir nennen's Meuchelmord!
(Erster poln. Magnat. Du glaubst wohl nicht, daß wir es Anders
 nennen!
Palatin (sich achtungsvoll gegen die Polen wendend). Euch nur ver=
 trauend bin ich hergekommen!
Borics. Hätt' ich's gewußt — es wäre nicht gescheh'n!
Palatin. (Mit stolzer Würde). Nicht Deines Schutzes erst harrt unser
 König,
 Ihn schützt d e r König, der dort oben thront;
 Auch dießmal hat sein mächt'ger Schild geschützt
 Den armen Blinden, den Gefahr bedroht.
 Er sah den schwarzen Plan des Meuchelmörders,
 Er machte, daß wir gleich zur Stelle waren,
 Als Jener in das Zelt des Königs brach,
 Und daß er nimmer mit dem spitzem Dolch,
 Mit spitzer Zunge nur die Majestät
 Verletzen konnte — um erbärmlich selbst
 Den Tod zu finden, einer Wespe gleich,
 Die durch des Stachels Gift sich selbst vernichtet.
Borics. Betracht' es auch für uns als Freudenkunde.
Palatin. Es sei! (Zu den Polen). Ihr Helden, polnische Magnaten,
 Wir wollen keinen Schwur, nur Euer Wort,
 Daß Ihr uns schützt — wenn (auf die Ungarn deutend) d i e s e n
 Männern da

Etwa mißfällt, was wir zu sagen haben.
Torda. Haft Du's gehört, o König, Deinem Schwur
Mißtrauen sie — nicht dulden wir die Schmach!
Laß ungehört sie zieh'n, woher sie kamen!
Borics. Uns Alle bindet, was ich ihnen schwur!
Dritter Pole. Das freie Wort ist Euch durch uns gesichert!
Palatin (zu seinem Gefolge.) Nun tretet immer näher, ohne Arg!
(Die Anderen steigen aus den Kähnen. Auf die linke Seite der Bühne gruppiren sich die Polen, auf die rechte **Borics** und die Ungarn seiner Partei, in die Mitte der **Palatin** und die Anhänger des Königs Béla.)
Zweiter Pole (zu seinen Gefährten). Es scheint daß sie uns rückhalts-
los vertrau'n.
Dritter Pole. Wie schmachvoll — einen Blinden überfallen!
Zweiter Pole (auf den **Palatin** deutend). Wie würdig zeigt er
sich und hoheitsvoll!
Erster Pole. Wir haben — däucht mich — gar zu rasch geurtheilt.
Borics (zum **Palatin**). Nun thu' mir kund, was Eu'rer Sendung
Zweck.
Palatin. Wir wollen hören, eh' der Kampf entbrennt,
Der Blut heraufbeschwört und diese Fluren
Zu Leichenfeldern machen wird — was Dich
Bewog hieher zu kommen, (zu den Polen gewendet, wieder sehr ehr-
erbietig) was d i e Herren,
Die treue Nachbarn uns bisher gewesen,
Bewogen, Dir zu folgen, um vielleicht
Den Frieden, der stets zwischen uns bestand,
Zu stören — und zwei Länder gen einander
Zu jagen in den schweren blut'gen Krieg,
Der B e i d e n Untergang bereiten könnte?
Borics. Was Du erfragen willst, mußt Du schon wissen:
Ich suche hier Nichts als mein gutes R e c h t,
Die Königskrone, die nur mir gebührt,
Da ich der Sohn des Königs Koloman!
Palatin. Wär's so, dann trennte dieser Fluß uns nicht
Und jeder Ungar ständ' an Deiner Seite
Doch unsern König haben wir gewählt
Und er allein darf diese Krone tragen.
Borics. Er, der sie nur durch blutige Gewalt
Errungen? Er, der groß nur als Tyrann?
Palatin. Den Du Tyrann nennst — wir verehren ihn,
Wir folgen diesem armen blinden König,
Weil er nicht widerrechtlich auf dem Thron, —
Weil er der e c h t e, l e g i t i m e S p r o ß e
Des großen Hauses der Arpaden ist.

Borics. Ha, mir das! mir . . . wenn er der legitime . . .
Was bin dann ich? . . So sprich es aus!
Palatin (mit ruhiger Würde).   Vergib,
Wenn Dich mein Wort gekränkt. Die Pietät
Des Sohnes halten wir in Ehren, und
Gott ist mein Zeuge, nie hätt' ich vermocht,
Vor Dir den schweren Vorwurf zu erheben,
Trieb mich dazu nicht eine heil'ge Pflicht:
(Mit gesteigertem Ton.) Denn stört man unsres Vaterlandes
Frieden,
Mißachtet unser heil'ges Wahlrecht man,
Greift eine fremde, ungeweihte Hand
Nach uns'rer heil'gen, unbefleckten Krone,
Um sie auf ein n i c h t königliches Haupt
Zu setzen, und die Ehre der Nation
Durch solchen Frevel sträflich anzutasten,
Dann, wahrlich, wär' es mehr als Unverstand,
Es wäre feigste Feigheit dies zu dulden!
Drum sagen wir Dir's frei ins Angesicht:
Du bist der Sohn nicht Koloman's, des Königs!
Borics. Mir oder Dir bringt dieses Wort den Tod!
E i n Leben hab' ich nur, doch hätte ich tausend,
Sie reichten nicht, zu tilgen diese Schmach!
(Zieht das Schwert) Zieh! mag der Himmel zwischen uns entscheiden!
Palatin. Wirf erst nach jenem Ufer einen Blick,
Dort steht das ganze Vaterland in Waffen,
Auf einen Wink von mir zum Kampf bereit,
Und könntest Du mit hunderttausend Armen
Tod und Verderben säen rings umher,
Von jenen Männern drüben würde Jeder
Im Todesröcheln Dir dasselbe sagen,
Was ich gesagt!
Borics.   S o flüchten Feige nur!
Palatin. Feig bin ich nicht. Sieh her auf meine Stirn,
Du findest mancher Narbe tiefe Furche.
Und auch den Muth, wenn es zum Kampfe gilt.
Erster Pole (zum **Palatin**). Nicht billig war's den Vorwurf auszusprechen,
Denn längst ist die Verleumdung widerlegt,
Da König Stephan ihn erkannt als Bruder!
Palatin. Sein Wunsch wohl war es, daß wir d i e s e n wählen,
Doch wer sich Ungar nannte, war dagegen,
(Auf die Anhänger **Borics** deutend.)

Dagegen waren D i e auch! Alle, Alle!
(Die Boten sind überrascht.)
Erster Pole. D i e hier dagegen?!
Palatin. König Stephan las
Das Urtheil, das d i e Männer unterschrieben,
Und — für den Thron ward Béla uns empfohlen!
Torda. Verleumdung ist's! Dagegen waren wir!
Palatin. D a g e g e n wohl, daß Béla König werde,
Den grausam Ihr des Augenlichts beraubt.
(Nimmt das Dokument von einem seiner Begleiter.)
Hier ist das Dokument, hier ist das Urtheil,
Das Predßlava als Schuldige erklärt
(Auf **Torda** deutend). Du warst ihr Richter! (zu den **Polen**)
Seht hier seinen Namen!
(Auf **C s a n á d** deutend.) Du warst es gleichfalls — hier die
Unterschrift!
(Auf Andere deutend.) Ihr habt die Anklag' wider sie erhoben!
(Auf Andere deutend) Ihr steht als Zeugen unterschrieben hier!
Der schwersten Schuld habt Ihr sie überführt.
Und nun, da Ihr die Mutter längst verurtheilt,
Führt Ihr den Sohn uns vor als legitim!
(Uebergibt das Dokument den **Polen.** Die Anhänger **B o r i c s** finden vor Be-
stürzung kein Wort.)
Polen (untereinander sich ereifernd). O, diese Schand' und Schmach!
Borics (für sich). O Mutter, Mutter!
(Zu **B o d o m e r**, in ersterbendem Tone.)
Mir schwindelt — Alles dreht sich mir im Kreise!
Torda. Längst war das widerrufen und bereut!
Palatin (zu den **Polen**). Hört Ihr? Ein R i c h t e r ist's, der also
spricht!
Der da bekennt, daß er ein falsches Urtheil
Gefällt und einer Frau die Ehr' geraubt,
Daß er, die Königin vom Throne stoßend,
Dem Knäblein, das sie unter'm Herzen trug,
Im Vorhinein das Brandmal aufgedrückt;
Und der, weil er für gut es findet, jetzt,
(auf **B o r i c s** deutend.) Sich hinter feigen Widerruf ver-
schanzend,
Den Sohn der Vielgeschmähten krönen will!
(Zu den **Ungarn**). Urtheilt nun selbst, wo größer ward gefehlt.
(Zu den **Polen**). Ihr aber, edle Herren, mögt nun entscheiden!
Torda. Nur Irrthum war es, der uns fehlen ließ
Palatin. Ich war ihr Richter nicht, und dieses Urtheil,
Es trägt nicht meine Unterschrift. Und doch
Kann ich nicht anders, als bekräftigen,

Was laut im ganzen Lande wiederhallt!
Dies Urtheil hier — gesetzlich ist's und wahr!
J e t z t   l ü g e t   I h r! Da Ihr vertrieben seid,
Sind Recht und Wahrheit, Heiligkeit und Ehre
Euch leere Worte nur. Der richt'ge König
Wär Euch nur Der, so Euch und Euer Thun
Mit seinen mächt'gen Fittigen beschützte,
Ob A d l e r oder K u k u k — Euch ist's gleich.

Torda. Ihr wagt es, von Gesetz und Recht zu reden,
Ihr! nach dem Blutbad von Arad?!

Bodomer. Verhält
Die Sache sich wie's u n s zu wissen ward,
Dann ist, was Mord wir nennen, Euch Gesetz!
Und dieses Urtheil ist nur leerer Schall. (Auf das Dokument deutend.)

Die Polen. So ist's! Ein falsches Urtheil ward gefällt!
(B o r i c s athmet auf.)

Palatin (zu den P o l e n). Und wär' es so und wär' der Tag von Arad
In Wahrheit nichts, als nackte Tyrannei —
Beweist er nur, daß lieber d i e wir dulden,
Als solchen falschen Stein in unsrer Krone.
Die Helden aber, die Eu'r Mitgefühl
Für ihre schweren Leiden wachgerufen,
Die eig'nen Sünden haben sie verschwiegen,
Ich will sie Euch erzählen!

Die Ungarn auf Borics' Seite (lärmend). Ha, genug!...
Laßt ihn nicht weiter reden!... Auf zum Kampf!

Polen. Hört ihn zu Ende!... ward es nicht versprochen?
(Der Lärm beschwichtigt sich.)

Palatin. Nach König Ladislaus dem Heiligen,
Um den das Land ein volles Jahr getrauert,
Bestieg statt Almos, Koloman den Thron,
Doch Almos suchte sein verlor'nes Recht...

Torda (unterbricht ihn). Und bracht' in schweres Leid und in Gefahr
Das Vaterland, dem er die Treu' gebrochen,
Das er mit fremder Heermacht überfiel...

Palatin. So wie I h r j e t z t! Euch ist es wohl erlaubt
Und Tugend, was an ihm Ihr einst verurtheilt?
Ich sag' es frei, bekenn' es ohne Hehl,
Deß nie zu seinem Anhang ich gezählt,
Denn er war ein Rebell. Doch Koloman
Hat stets, so lang er seinem Herzen folgte,
Dem königlichen Bruder mild verzieh'n.
Ihr aber, Ohrenbläser, ruhtet nicht,
Bis Euer Gift in's Herz ihm war geträufelt
Und bis die grause That begangen ward.

Den Augenblick, da ihr den heil'gen Zorn
In seinem Herzen flammen saht, o Schmach,
Habt Ihr benützt, um ihn zu überreden
Daß er des A u g e n l i ch t s b e r a u b e n ließ,
Des A u g e n l i ch t s, -- hört Ihr? — den eig'nen Bruder!
(Zu den **P o l e n.**) Euch schaudert? O, daran war's nicht genug,
Der Sohn, ein Kind, so zart und unschuldsvoll,
Das höher noch den bunten Schmetterling
Im Werthe hielt als hundert Königskronen,
Ein Kind, deß Herz so rein, daß es die Sünde
Noch nicht einmal dem Namen nach gekannt,
Dies Kind ward aus der Mutter Arm gerissen,
Des Vaters blutend Auge sollt' es sehn
Als L e ß t e s, was es je im Leben s a h.
Und an des blinden Vaters Seite ward
— N u n hört es schaudernd! — auch der S o h n geblendet
Dann freilich grub das marternde Gewissen
Dem König Koloman ein frühes Grab.
Doch noch am Rand des Grabes flucht' er jenen,
Die teuflisch ihn berathen, flucht' er (auf die Anhänger **B o r i c s**'
                                           deutend) — E u ch !

Die Polen. Entseßlich!

Erster Pole (zu **Torda**). Warum habt Ihr d a s gethan?

Torda. Um zu vernichten diese Schlangenbrut,
Die unser Land mit ihrem Gift bedrohte! . . .

Palatin. Sie hatten Furcht, daß dieser Knabe einst
Vom Königsthron herab sie züchtigen werde.
Doch nicht genug, daß sie in ew'ge Nacht
Ihn stießen — nein, o diese weisen Männer
Versuchten Alles, ihn dem T o d zu weih'n!
Und hätte nicht ein sicheres Asyl
Ein Kloster ihm geboten, das ihn barg,
Sie hätten wohl auch meuchlings ihn gemordet!
Doch Gott beschützte ihn, und er ward König,
Und königlich hat Allen er verzieh'n!
Hat diese Großmuth sie versöhnt? — o nein!
Hier ging es nur um die verlorne Macht!
Ein Kampf mit Lug und Trug und Hinterlist
Ward nun gekämpft — durch feile Zwischenträger
Ward fremden Fürsten Ungarns heil'ge Krone,
Die sie verrathen wollten, feilgeboten!
Doch die Verräther wurden selbst verrathen
Und büßten es! . . . Nun wißt Ihr's, urtheilt jetzt!

Die Polen. Das Alles hören wir zum erstenmal!

Palatin. Und bleibt Ihr doch als uns're Gegner hier,
Und flöffe zwischen uns das Blut in Strömen.
(Auf **Borics** deutend.) Der hier wird n i e auf Ungarn's Thron
gelangen!
Jetzt kehren wir zurück — und morgen mag
Auf Leben und auf Tod der Kampf beginnen!
(Steigt mit seinem Gefolge in die Kähne, welche darnach abfahren.)
Die Polen. Auf Leben und auf Tod — doch ohne uns!
Torda. So hört doch erst auch die Erwiderung!
Die Polen. Spar' Dir die Müh' — wir wissen Alles — Alles!
(Gehen ab.)
Borics (der bis dahin in Erregung dagestanden, plötzlich, wie erwachend, doch
mit großer Kälte).
Die Polen ziehen fort von uns? — warum?
Torda. O, diese Wackern waren nicht zum Kampf
Mit uns gekommen — nur um Kampfesbeute!
D e r (den **P a l a t i n** andeutend) kam just recht — nun zieh'n
sie muthig ab.
Csanádi. Im Lauf der Schlacht wird uns're Stärke wachsen,
Uns werden Freunde aus der Feinde Schaar!
Borics. Glaubst Du? Gibt's viel Verräther unter ihnen?
Csanádi. Verräther?
Borics. Uns Getreue wollt' ich sagen!
Torda. Mehr als die Hälfte, sicher weiß ich es!
Csanádi. Führ uns zum Kampf! Dein ist der Sieg, o, König!
Borics (zu **Torda**). So laß' die Mannen sich zum Kampfe rüsten
Wie's unser Plan — ich will Euch Führer sein!
(Die **U n g a r n** ab, zu **B o d o m e r.**)
Du bleibst, mein Fürst! Die ziehen in's Verderben,
Für sie steht sich'rer Tod und kein Entrinnen.
Du warst mein treuer Freund: Nun rette Dich!
Bodomer. Davon sei keine Rede hier, — ich bleibe!
Borics. Du hast ein Kind!
Bodomer. Sie geht nicht ohne mich.
Du aber, ehrst Du Freundestreu' in mir,
Gib Worte nun dem Schmerz der sich erfüllt,
Und der die Brust Dir zu zersprengen droht.
Borics (der sich kaum aufrecht erhalten kann).
O, glaub' es nicht... mir droht... mich quält kein Schmerz.
Bodomer. Wollt ihn die stumme Lippe auch verschließen,
Er bräch' aus Deinem Aug' hervor — ich kenne
Dies dunkle Feuer...

6. Szene.

(**Wida** kommt und bleibt im Hintergrunde stehen. **Die Uebrigen**.)

Vorics (leuchend). Das der Höll' entstammt!...
 Auf mir liegt's bergeschwer, ... o, ich ersticke!...
 O Mutter — auf dem Pranger sah ich sie
 (In Wuth ausbrechend.) Und durfte ihre Henker nicht erwürgen!
 Ein Meer von Blut ersäuft nicht diese Schmach!
Bodomer (beschwichtigend). Verleumdung ist's — wie oft schon ward
  sie laut!
Vorics. Doch niemals noch vor mir, dem eig'nen Sohn!
 Und Alle, Alle haben sie's geglaubt!
 Kein zürnend Wort entwand sich ihren Lippen,
 Mein armes Herz nur glaubt' es nicht und — litt!
 Doch gibt's dort oben noch Gerechtigkeit
 Es gibt noch eine Rache! Diese Teufel,
 Die Dich einst angeklagt, die Dich verurtheilt,
 Die Deinen Namen meuchlings hingemordet,
 Zieh'n nun für Deine Ehre in den — Tod!
 (Wild auflachend). Und für Dein Leben streiten Deine Henker!
Bodomer. Sie werden sühnen, was sie schwer gefehlt!
Vorics. Fluch und Verdammniß über sie! Mein Haß,
 Mein Abscheu gilt in gleicher Weise Jenen,
 Die ich zum Kampfe führe, wie dem Feind!...
 O, warum grifft Ihr in mein Leben ein,
 Das nichts als Liebe, Glück und Güte war;
 Warum habt Ihr mich in dies Vaterland,
 Das grausen Unheils voll für mich, geführt?
 Kann denn die Unterwelt mit allen Schrecken,
 Die jemals eine wilde Phantasie
 Ihr angedichtet, so entsetzlich sein
 Wie d i e s e Hölle da und ihre Teufel?!
 Mein fröhlich wallend Blut gerinnt zu Eis,
 Und was ich Menschliches im Herzen trug
 Erstarrt! Ha! grause, häßliche Gestalten
 Seh' grinsend ich an mir vorüberziehn! (In effektvoller Steigerung).
 Sieh, dort ... dort taucht ein Königshaupt empor,
 Ein dunkler Fleck ist auf der hehren Krone,
 Nun hat der König sie erfaßt ... Nun schleudert
 Er sie mit Abscheu in die Tiefe ... Weh!...
 Und nun blitzt aus dem geisterbleichen Haupt
 Ein Blick mir gräßlich mahnungsvoll entgegen ...
 Und nun ruft mir ein Donner zu: B a s t a r d!

3*

Und nun ... und nun ... Nun seh' ich meine Mutter!
(Zärtlich besorgt.) O, wie sie angstvoll hinter'm dichten Schleier
Ihr leidend Angesicht verbirgt! ... O komm',
(Wid.) O komm', Du Vielgeprüfte ... (aufschreiend.) Höll' und
Teufel!
Die Mutter flüchtet vor dem eig'nen Sohn!
(Zusammenbrechend, wird er von **Bodomer** aufgehalten und mit Mühe wieder emporgehoben.)
Bodomer. Du armer Freund! Entwinde Dich dem Spuck!
Willst Du Verleumderworten glauben?
Borics (Der sich mittlerweile allmälig wieder aufrichtet und wieder zu sich kommt, nach sichtbarem Kampfe). Nein!
Und hätte diese ganze weite Welt
Nur e i n e Zunge, und die eine riefe
Das schicksalsschwere Wort entgegen mir —
Verstummen müßte sie vor e i n e m Wort
Von dieser Frau. Und dieses Wort, es muß,
Es wird erfolgen.
(Trompetengeschmetter. Schlachtsignale.)
Bodomer. Laß' doch die Gedanken,
Beginnen wir die Schlacht und auch den Sieg!
Borics. Mit dieser Handvoll Kriegern? (Erblickt **Wida**.) Deine Tochter
Muß gleich in Sicherheit. Uns blüht kein Sieg:
Dies Schlachtfeld hier ist unser Leichenfeld.
(Zu **Wida**.) Drum flieh' von hinnen, freu' Dich Deines Lebens.
Wida. Und wenn ich Freude nur im Tode fände?
(Gibt es wohl Größ'res als den Tod im Kampf?
Borics. Das, Mädchen, spricht mein Schicksal jetzt aus Dir!
Wida. Im Kampfe sterben — o, erhab'nes Glück!
Rein schwingt die Seele sich empor zum Himmel
Des Körpers ledig und des Erdenstaubs!
Borics. Und find' in dieser Schlacht ich meinen Tod,
So gibt es Keinen hier, der meinem Namen
Und gibt es Keinen, dem mein Name flucht ...
O ... wenn es d o c h mehr als Verleumdung war,
Die eig'ne Mutter müßte ich verfluchen —
Und war's Verleumdung, o, dann würde mich
Die schrecklichste, die fürchterlichste Rache
Geleiten bis an's Ende meiner Tage!
So rein ward noch kein Mensch erkannt hienieden,
Nach dessen Blut mein rachedürstend Herz,
Nach dessen Herzen nicht mein siedend Blut
Verlangte. Und so weit mein Name klingt,
Müßt' ihn die Menschheit tausendfach verfluchen!
Wida. O, stürb ich jetzt, welch' herrlich, göttlich Los!

Bodomer. Bist Du von Sinnen, Kind? was soll die Rede?
(Schlachtenlärm. Trompetensignale.)
Wida. O Vater, besser wäre mir der Tod!
Borics. Freund, Du bist Vater, rette doch Dein Kind!
Bodomer. Bist Du es nicht? Und denkst doch an den Tod!
Auf! In die Schlacht! Nimm Deinen Muth zusammen!
Blüht uns der Sieg, dann neigt dies ganze Land
In Ehrfurcht sich vor Dir — und stolz're Rache
Ward nie noch einem Könige zu Theil!
Borics. Gesegnet sei Dein Wort! Auf denn zum Kampf!
Wird uns der Sieg, so ist die Rache mein,
Wo nicht, will ich für sie gefallen sein!
(Beide ab.)
Wida. Und fällt er — wohl, dann fällt er nicht a l l e i n!
(Ihnen nach.)

(Der Vorhang fällt.)

Dritter Aufzug.

(Klostersaal. Die Mittelthüre führt in ein zweites inneres Zimmer. Rechts eine Eingangsthüre; links ein Lehnstuhl.)

1. Szene.

Charitas. Predslava (halb niedergesunken, ihr Antlitz im Lehnstuhl verbergend).

Charitas. Sei guten Muth's, — vergeben und vergessen
Wird Alles Dir, was Dein Gewissen drückt.
Wo Reue ist, da ist auch Gottes Gnade,
Zu spät hast Du bedacht, was Du gethan;
Doch ohne Ende ist des Himmels Huld,
Und sicher hat Dir Gott verziehn — steh' auf!
(Wendet sich ab und schickt sich zum Gehen an.)

Predslava (langt nach ihrer Hand). O, warum quält mich doch (auf das Herz deutend) der Stachel da?
Entsetzlich! Mit dem Himmel ausgesöhnt,
Kann ich — das fühl' ich — doch nicht ruhig sterben!

Charitas (zurückkehrend). Was zitterst Du? Wer weiß um Dein Geheimniß
Als Du und ich? Begraben wird's mit uns,
Du hast gebüßt, vergeben ist die Schuld!

Predslava. Doch nicht gesühnt!

Charitas. Vergeben ist gesühnt!

Predslava (zu ihr emporblickend, flehend). O, würdige Schwester, gib mir bessern Trost!

Charitas. So sprich — was ist es, das Dich so bedrückt?
Du schweigst? — Wohlan, so will der Seelenqual,
Die Du nicht bannen kannst, i ch Worte leihn:
Wohl bist Du ledig der Vergangenheit,
Doch nun dehnt sich die Zukunft aus vor Dir,

Dein Sohn zog aus, die Krone zu erkämpfen,
Du fühlst, daß es ein ungerechter Kampf . . .
Predßlava. O wüßtest Du, wie gut er ist und edel!
Beglücken wird er dieses Vaterland,
Das er befreit vom Joch der Tyrannei!
Charitas. Wär' das wohl Sühne? Wär' des Goldes Räuber —
Und theilt er gleich das Gold den Armen aus —
Nicht darum doch ein Räuber? Eitler Wahn!
Predßlava (erschreckend). Und er wird mich beschuldigen?!
Charitas. Vor Gott!
Siehst Du auf seinem Haupte nur den Glanz
Der Krone — siehst Du nicht das Blut an ihr?
Predßlava (mit wachsendem Schreck). Ich seh's! Ha, träufeln seh' ich
rothes Blut!
Das Blut der Menschen, die für ihn gefallen,
Und Derer, gegen die er ausgezogen!
Ein Blutmeer ist das Feld, und tausend Leichen . . .
Charitas. Sie werden auferstehen gegen Dich!
Predßlava. Die Schrecken kenn' ich d i e s e s jüngsten Tags!
Im Wachen und im Träumen seh' ich sie,
Vor ihnen gibt's für mich hier kein Entrinnen,
Wie heiß ich ihn auch wünsche, keinen Tod!
Charitas. Und wird Dein Sohn, wenn ihm das Schlachtenglück
Abhold, nicht einen neuen Kampf beginnen?
Bringt er nicht neue Schrecken in dies Land?
Und immer wird er sich im Rechte glauben,
Denn dieser Glaube ist's allein, der Jenen,
Die da entscheiden über Krieg und Tod
Und über Tausende von Menschenleben,
Den Trost gibt, daß sie keinen Mord begeh'n!
E r   d a r f den Kampf nicht länger kämpfen!
Predßlava (zusammenbrechend). Himmel! Was soll ich thun?
Charitas (hebt sich empor). Sagt Dir Dein Herz es nicht?
Predßlava. Was es mir sagt, ist Aller Schrecken Schreck:
Was Deiner treuen Brust ich anvertraut,
Das soll ich nun dem eig'nen Sohn gestehen?
Charitas. Schweigst Du, wird er gemordet oder Mörder
Und über D e i n Haupt kommt sein Blut. Wenn Du
Nicht Gott vertraust, so schweig' und stirb in Frieden . .
Predßlava. Er wird mir fluchen . . . .
Charitas. Wird er sonst Dich segnen?
In Menschenblut willst Du Dein Antlitz tauchen,
Damit er's nicht vor Scham erröthen seh'.
Wohl! mag er immerhin die Krone rauben,
Mag seine Liebe Dir erhalten sein,

Hier ehrt er Dich, dort (gegen den Himmel deutend) wird er Dich
                                          verdammen
In Ewigkeit! (Will gehen).
Predßlava (sinkt vernichtet in die Knie). O, ich will Buße thun!
            (Bleibt mit gesenktem Haupte unbeweglich knieen).
Charitas. Dann sei gesegnet, mit Dir selbst versöhnt!
Sei, was Du warst! Und wie einst Magdalenen
Wird Gottes Gnade mild verzeih'n auch Dir;
Wirf ab die Last, die Dein Gewissen drückt —
Ein frei Bekenntniß macht die Seele frei!   (Ab.)
Predßlava. So mag Dein heil'ger Wille sich erfüllen! (Erhebt sich und
nähert sich dem Schranke, aus welchem sie eine versiegelte Schrift nimmt).
Mein Todesurtheil hab' ich längst geschrieben,
Am Tage schon, da in den Kampf er zog,
Nur Feigheit hielt mich ab, es zu vollzieh'n!
            (Die Schrift vor sich hinhaltend.)
Sei Du Arznei denn meiner kranken Seele . . .
Arznei? was zitt're ich, als wär' es Gift?!
O, feiges Herz! warst du nur stark genug,
Mitschuldig des Gewissens Last zu theilen,
Und bebst zurück, nun, da die Stunde naht,
Für ewig diese Last von dir zu wälzen?
Sei stark — die Stunde der Erlösung ist's, (klingelt)
Ein mächtiger Befreier ist der Tod!

2. Szene.

Charitas (durch die Mittelthüre). **Predßlava.**

Charitas. Was willst Du, Schwester?
Predßlava.   Auf' die Tochter mir!
                  (**Charitas** rechts ab.)
Nein, nein! mir fehlt die Kraft — es ist unmöglich!
Wär's Feigheit nicht, die ganze Last der Schuld
Dem Sohne auf das reine Haupt zu laden,
Blos weil er der Versuchung unterliegt?
Er fähr't er erst, daß er kein Recht besitzt
Auf diese Krone, deren Glanz ihn blendet,
Und daß ein falscher Ehrgeiz ihn berauscht . . .
Sein Fluch . . . (sich zusammenraffend) hinweg, Du finsteres
                                          Gespenst! . . .
Mag er mir fluchen oder mir verzeih'n,
Für mich hat er zu leben aufgehört,
— Gott, gieb mir Kraft! ich selbst muß ihn verstoßen!

5. Szene.

Judith, die Vorigen.

Predßlava (mit verdecktem Gesicht, schluchzend). O laß' mich nur noch
     einmal um ihn weinen!
Judith. Du weinst? (Erschreckend.) Du hast wohl Kunde schon von ihm?
 Und schlimme Kunde?! Liebst Du mich, so sprich
 Und ende meine Qual. Hat er die Schlacht
 Verloren? Ist er todt?! So rede doch!
Predßlava. Noch keine Kunde drang von ihm zu mir.
Judith. Was also weinest Du?
Predßlava (aufstehend). Nicht wein' ich mehr,
 Du, Tochter, hemme gleichfalls Deine Thränen,
 Wir brauchen Beide uns're ganze Kraft!
 (Ein Scheiden gilt's, auf Nimmerwiedersehn!
Judith. Wir von einander scheiden? und warum?
Predßlava. Zu Ende geht's mit mir — den Flügelschlag
 Des Todesengel hör' ich mich umrauschen.
Judith. O, warum stimmst Du mich und Dich so traurig?
Predßlava. Mir naht der Tod — o, wär' er nur schon da!
Judith. Und denkst Du nicht an mich, an Deinen Sohn?
Predßlava. An meinen Sohn?! (Sich beruhigend gen Himmel deutend.)
     Dort gibt's ein Wiedersehn!
Judith (hoffnungsfreudig). Als Sieger kehrt er mit der Krone heim!
Predßlava. O, sprich mir nicht von Sieg in dieser Stunde,
 Nicht von der Krone! (Zusammenschaudernd.) Oder wär's zu spät?
Judith. Was wär zu spät? Gönnst Du ihm nicht den Sieg?
Predßlava. O schweig'! Du quälst mich nur! Laß' mich doch glauben,
 Daß dort kein Blut vergoßen wird, daß nichts
 Als ein Triumphzug dieser Kriegsgang ist,
 Wie es die Flüchtigen ihm hier verheißen! . . .
Judith. Ein solcher Sieg wird sicher ihm zu Theil!
 Bald bringt sein Bote uns die frohe Kunde,
 Wir zieh'n ihm nach und freuen uns mit ihm!
Predßlava. So harre nicht des Boten erst — das Weib
 Soll seinem Manne folgen . . .
Judith (ausbrechend). Also sei's!
 Denn tödten würde mich die — — (plötzlich verstummend und
    dann sich wieder fassend) läng're Trennung.
Predßlava. O, sei ihm eine lichte Trösterin!
 Wenn Wolken dieses theure Haupt umdräu'n,
 Sei Du der Sonnenstrahl, der sie zertheilt! (Ueberreicht ihr die
                Schrift.)

Nimm dies . . . o, nimm's! . . . Dich bittet eine Mutter!
(Rauh) Nimm! Frage nicht! Es brennt mir in der Hand
(Uebergibt es ihr.)
Bring's meinem Sohn! . . . Mein Sohn! mein armer Sohn!
Nicht kann ich's einer treuer'n Hand vertrau'n.
So gebe Gott hiefür Dir solchen Segen,
Wie Du den letzten Willen treu erfüllst
Der Sterbenden . . . mein letzter Wille ist's! (Sinkt erleichtert
in den Armsessel).
Die Fesseln fallen! — ah! — nun schlägt mein Herz
Nach langen Leiden endlich wieder frei!
Rein ist die Luft, als wär' sie Himmelsbalsam.
Hell ist das Licht, wie ew'ger Sonnenschein.
Judith. Der Brief? Was soll ich mit dem Brief beginnen?
Predßlava. Bring' ihm den Brief als einen letzten Gruß
Der Mutter, die den Sohn nicht wiedersieht.
Doch hüte, — hörst Du? ihn wie Deine Seele,
Und lies ihn nicht — bei Deinem Seelenheil!
Judith. Und warum nicht, was kann der Brief enthalten,
Das selbst vor mir Geheimniß bleiben soll?
Predßlava (sich erschrocken erhebend): Nun schwörst Du mir's! Hörst
Du? Du schwörst es mir!
Und Deinen Schwur nehm' ich mit mir in's Grab — —

4. Szene.

Charitas, Angelica, die Vorigen.

Judith. Um's Himmelswillen, still! Wir sind nicht mehr
Allein —
Predßlava. Wollan, sie mögen Zeugen sein,
Daß Du mir schwurst, was ich von Dir verlangt!
Charitas. Entsetzliches Geschick!
Judith. Mein Mann?!
Predßlava. Mein Sohn?!
Charitas. Von Jenen, die zur Schlacht mit ihm gezogen,
Sind Flücht'ge hier. Ach, Alles ist dahin!
Im grausen Kampfe ging sein Heer verloren,
Ein Blutmeer sah der Blick, wohin er fiel,
Mit Leichen war das Schlachtfeld übersäet — —
Predßlava (krampfhaft an's Herz greifend). Zu spät! (Will zusammensinken, die beiden Nonnen fangen sie in ihren Armen auf und heben sie empor.)
Judith. Der Fürst — sprich, lebt er? ist er todt?!

Charitas. Von ihm weiß Niemand sich're Stunde noch,
 Doch jetzt — schwebt seine Mutter in Gefahr! (Fuhren Pred-
 filava durch die Mittelthüre ab.)
Judith (allein sich beruhigend). Die Schlacht hat er verloren, doch er selbst
 Hat sich gerettet, und mit neuer Macht
 Wird er den Kampf auf's Neue bald beginnen —
 Doch diese Schrift? H i e r birgt sich die Gefahr!
 Was muß das wohl für schwer Geheimniß sein,
 Das sie nicht mit sich nehmen kann in's Grab.
 Das sie nur preisgibt in der Todesstunde,
 Das selbst dem eig'nen Sohn verborgen blieb,
 Und das sie auch der Gattin nicht vertraut?
 Wie angstvoll stürmend drang sie auf den Schwur!
 O, dieses Siegel, ihr Geheimniß hat's
 Nicht gut bewahrt. Denn klar geschrieben stand
 Es in den gram= und angstverstörten Zügen!
 Und klar les' ich es, trotz des Siegels hier:
 Die Schrift enthält ein fürchterlich Bekenntniß!
 Ja! der Verdacht, der seit so langer Zeit
 Das Haupt belastet dieses Weibes   hier
 Tritt jetzt an seine Stelle ein Geständniß!
 Und ich soll diese Schrift i h m überbringen?
 . . . Hab' ich den Schwur geleistet? . . Nein! . . . und ist,
 Was gleichfalls sicher scheint, der schwere Argwohn
 Berechtigt, der sich an sein Dasein knüpft,
 So bleibe ewig, ewig ihm erspart
 Die tödtende Gewißheit, die auch mich
 Und seinen Sohn, mein Kind, vernichtend träfe! . . .
 Geheimniß bleibe, was Geheimniß ist . . .

5. Szene.

Charitas (kommt zurück). **Die Vorige.**

Charitas. O komm, o komm doch!
Judith.   Ist sie todt?
Charitas.   Noch nicht,
 Doch kämpft sie wohl vergebens mit dem Tode,
 Nur Dich verlangt sie dringend noch zu seh'n,
 Dies läßt sie ruhig nicht von hinnen scheiden!
Judith (für sich). Ich schwöre n i c h t! Ist, was ich meine, wahr,
 Ha, dann — bleibt e r mir ewig treu ergeben!

6. Szene.

Eine Nonne (durch die Seitenthüre). **Die Vorigen.**

Die Nonne. Vom Fürsten ist ein Bote angelangt.
Judith. Er lebt!... Mein Herz erricth's!... Er ist gerettet!...
Laß' ihn herein! (Die **Nonne** ab. Zu **Charitas**).
                Du aber geh' zu ihr
Um diese Stunde ihr als Trost zu melden —
Den Seelenfrieden bringt es ihr zurück.
Hab' ich den Boten erst und seine Botschaft
Gehört, dann folg' ich frohern Muthes Dir.
                            (**Charitas** ab.)

7. Szene.

Ein Herold (tritt ein). **Judith.**

Judith. Dich schickt Dein Fürst? er lebt also?
Herold.   Er lebt!
Verwundet zwar, doch ist es nicht gefährlich.
Judith. So will sofort ich ihm entgegen eilen.
Herold. Er sandte mich voraus, um Dir zu melden,
Daß er mir auf dem Fuße folgt.
Judith.   Dann sage
Mir an, was ist gescheh'n? Daß Ihr die Schlacht
Verloren, weiß ich schon. Doch wie das kam,
Ist mir noch unerklärt. Kaum schien mir's möglich!
Hat ihn die Schaar der Flüchtigen getäuscht?
Herold. Nicht sie allein — Ach, Alles war nur Täuschung!
Des Landes beste Söhne, die mit uns
— So hieß es ja — im Bunde sollten sein,
Sie kämpften Alle wüthend g e g e n uns
Und auch die Polen ließen uns im Stich.
Noch hofften wir, daß im Verlauf der Schlacht
Die uns Getreuen zu uns übertreten, —
Auch dies war leider trügerische Hoffnung.
Denn an des Königs Seite kämpften Alle
Wie die ergrimmten Tiger g e g e n uns,
Und nur zu schnell war unser Heer umzingelt;
Wem's nicht gelang, sich durchzuhau'n, — der blieb,
Und wem's gelang, der wurde von dem Volke
Erschlagen . . .
Judith.   Wie fand Rettung da der Fürst?

Herold. 's ist fast ein Wunder. Brachen da und dort
Die Reihen unf'rer Krieger auseinander,
Er war zur Stell', dem grimmen Löwen gleich, —
Als endlich unf're Schaar vernichtet war
Und alle heulend auseinanderstoben,
Warf er verzweifelt seinen Schild von sich
Und ritt, als hätt' er nur den Tod gesucht,
Den dichten Feindesreihen g'rad entgegen.
Judith (vorwurfsvoll). Der Gattin und des Kindes nicht gedenkend!
Herold. O, Fürstin, rechne dies ihm nicht als Schuld!
Im Sturm des Kampfes gibt es kein Besinnen
Vom Feind umringt, war er ein Kind des Todes,
Wenn sich nicht Bodomer, Kumaniens Fürst,
Mit seiner Tochter bis zu ihm den Weg
Gebahnt. Dein Gatte hätte sicher nicht
Den Feindeshieben widerstanden, und
Vor seiner Witwe ständ' ich trauernd jetzt,
Denn auch in dieser Stunde der Gefahr
Verschmäht' er es, sich durch die Flucht zu retten.
Nun traf ein schwerer Streich ihn auf die Stirn;
Ohnmächtig brachten ihn hinaus die Beiden,
Und ihnen dankst Du, daß er noch am Leben.
Sie pflegten ihn, und die Gefahr nicht achtend,
Erspähten einen Weg sie bis hieher,
Durch finst're Schluchten, Wälder, und — den Gatten
Bringt dieser Freunde Treue Dir zurück!
Judith (wild ausbrechend). Hinweg von hier — genug der Schreckensmär'!
O Unheilsbote, der an's Herz den Stachel
Mir setzt! Was wühlst Du noch darin? Hinweg,
Daß ich Dein Antlitz nie mehr schaue!
(**Herold** ab.)
Auf's Neu' erwacht die Schlange des Verdacht's,
Die zu verscheuchen ich so oft mich mühte.
Selbsttäuschung war's. Nun liegt die Wahrheit klar!
Wer opfert wohl sein Leben für ein andres,
Wenn ihn der L i e b e Wahnsinn nicht befeuert?
S i e aber hat ihr Leben eingesetzt
Um sein's zu retten! S i e   h a t   i h n   g e r e t t e t!
(Pause.)
Und nun wird er als überirdisch Wesen
Dies Weib verehren. Helle Glorie
Wird leuchtend immerdar ihr Haupt umstrahlen,
Und ich? ich ruh' im — Schatten dieses Glanzes!
O, das wird A n b e t u n g, nicht Liebe sein!
Sie aber, die Syrene, wird entsagen,

Und sich um's Haupt die Dornenkrone winden!
Was kommen wird, ich seh' es nur zu klar —
Ich sah's im ersten Augenblick wie heute:
Geschrieben fand im Antlitz dieses Mädchens
Mein Schicksal ich, und schauderte zurück;
Ihr erstes Wort — es war für mich ein Dolch,
Ihr erster Blick, ein giftgeträukter Pfeil.
O, furchtbarer Gedanke, — da vom Tod
Er auferstehend, s i e zuerst er sah!
Die Dankesthräne, die sein Auge weint',
Sie ward zum Meer — das, ach! mein Glück verschlingt!
Und ich, die Gattin, das rechtmäßige Weib,
Ich dulde dies! Und duldend birgt mein Lächeln
Das grause Schreckbild, das mein Herz erfüllt!
Sie war in meinem Haus, an meinem Tisch —
Um das genoss'ne Gastrecht so zu lohnen!
Wie brennt die Schmach, die Sie mir angethan,
Und doch darf ich nur schweigend sie erdulden!
Man schlepp' mich auf's Schaffot — ich trag es still,
Damit zur Pein sich nicht der Hohn geselle —
O, fürchterlich ist dieser Hölle Qual! (Ihr Blick fällt auf die Schrift)
Doch halt' ich eine Waffe in der Hand,
Die mir den Trost verleiht: M e i n ist die Rache!
Vergißt e r Weib und Kind, entfernt er n i ch t
Dies Ungeheuer, das mein Glück zertritt,
Dann — o, dann will das gütige Geschick
Ich preisen, das selbst einen Wurm nicht wehrlos
Dem grausamen Verfolger überliefert . . .
Doch nicht blos den Verdacht — nein, die Gewißheit,
Zermalmende Gewißheit muß ich haben!
Bis dahin bleibe (auf die Schrift deutend) dies Geheimniß m e i n!
Als letzte, doch des Zieles s i ch 're Waffe! (Verbirgt die Schrift)
Und wenn mein Argwohn falsch? . . . Wenn Borics treu? . . .
D a n n werd' ihm dies Geheimniß nie enthüllt;
Dann hab' ich ihn gerettet vor der Schmach,
Und freudig übernehm' ich alle Schuld
Dafür, daß ich dem Zweifel i h n entreiße! . . .

7. Szene.

Borics (mit verbundenem Haupt). **Judith**.
(Stumme Umarmung.)

Borics. Statt Glanz und Freude bring' ich Trauer nur,
O, welch' ein Wiedersehen!

Judith (finster mit forschendem Blick). Gott zum Gruß!

Borics (dumpf). Gott? Er war diesmal nicht mit mir!
Judith (ebenso). Weil dich
Der Glaub' an ihn verließ und Du verzagtest!
Borics. Nicht nur der Glaube, Himmel auch und Erde,
A l l e s hat mich verlassen! Selbst der Tod
Hat mich gemieden, um noch härt'rer Prüfung
Und größ'rer Bitterniß mich aufzusparen!
Judith (mit bitterem Vorwurf). Dies seinem Weib — der Vater
meines Sohnes?
Borics (mit tiefer Empfindung). Für Euch in treuer Liebe schlägt
mein Herz,
Doch Haß und Rache haben es erfaßt,
Und schwer hat mich des Unglücks Hand getroffen — (traurig und hoffnungslos).
Nun gibt's für uns nur Leid und Gram zu theilen.
Judith (hat ihm in's Auge geblickt. Mit großer Wärme und ergriffen).
Gern trägt auch dies Dein treues Weib mit Dir!
Borics (wie vorhin). Du hofftest eine Kron' auf diesem Haupte,
Sieh her, blos eine Wunde bracht' ich mit!
Judith. Zum Himmel fleht' ich — da Du ferne warst —
Doch nicht um eine Krone! um Dein L e b e n.
Wie schmerzt' es mich, daß dies Dir weniger galt —
Daß Du — weil Dir das Schlachtenglück nicht hold —
Den Tod gesucht! Du böser, harter Mann
Du konntest mich und Deinen Sohn vergessen!
Borics. Dein Vorwurf ist gerecht ... und doch ... und doch ...
O, nicht die Krone blos hab' ich verloren.
(Wild ausbrechend). So vor dem ganzen Land mit Schmach bedeckt,
So grausam, so erbarmungslos zertreten —
Das Herz hat man mir aus der Brust gerissen!
O, die Erinnerung an diese Qual
Macht tausend neue Wunden bluten — (mit plötzlichem Entschluß) Wo
Ist meine Mutter?
Judith (ausweichend, mit Zeichen der Eifersucht). Kommst Du ganz allein?
Niemand mit Dir?
Borics. Sie blieben auf dem Schlachtfeld.
Judith (mit Beziehung). Doch Jene, die vom Tode Dich gerettet?
Borics. Sie schieden gleichfalls. Ach, ich bin so arm,
Daß ich nur noch mit Worten danken konnte.
Judith (mit eifersüchtigem Hohn). Sie kamen nicht zu mir — unbillig war's,
Daß sie mir so geraubt mein Recht zu danken!
Borics. Fruchtlos versucht' ich sie zu überreden,
Sie blieben fest.
Judith. Sie meiden mich — warum?
Borics. Dich meiden? Und warum? so frag' auch ich.

Viel sich'rer ist, da sie den Sturm geahnt,
Der in der Brust mir tobt' und wühlte .. (rauh) Wo
Ist meine Mutter? (Will auf die Mittelthüre zu.)
Judith (erschrocken stellt sich ihm entgegen). Mann, Du bist erhitzt,
Der Sturm der Seele blitzt aus Deinen Augen,
Willst Du so rauh an sie heran? Gemach!
Bories. Ersticken will ich meiner Seele Qual,
Doch reden muß ich jetzt mit meiner Mutter!
Judith. O sprich, warum? Was hat sie Dir gethan?
Bories (der sich nicht länger bezähmen kann). O, sie nur bringt in diese
Lüge Wahrheit!
Und hatten Jene Recht, die mich in ihr
Mit Füßen traten — wohl, sie mag's gesteh'n!
Das ist die Frage meines Lebens, und
Bei Gott, der Lösung harrt sie nimmer länger!
Hab' ich mit meiner Schmach mich zu verstecken
Wie der bedrohte Räuber, den die Häscher
Verfolgen — oder soll Diejen'gen ich
Bestrafen als Verräther, die mich schmähn?
Soll ich Sie meiner heißen Rache weihn?!
O, diese Rache, wenn sie mir gebührt,
Wird eine fürchterliche sein! Vernichtung,
So weit ich Menschen finde, Brand und Mord!
Nichts Heiliges erkennt mein Rächerzorn,
Auf ihren Thron, nein, nicht auf ihren Thron —
Auf ihren N a c k e n setz' ich meinen Fuß,
Ihr König werd' ich, doch nicht um in Liebe
Sie zu beglücken, nein! um in Vergeltung
Sie zu verheeren und sie auszurotten!
Judith. Hör' auf! Ach, ich erkenne Dich nicht mehr!
Bories. An meiner Mutter Wort hängt die Entscheidung.
Laß' mich zu ihr!
Judith (bittend). Die Mutter ist so krank —
Du tödtest sie mit Deiner heft'gen Art!
Bories. O, ich will zärtlich, schonend, ehrfurchtsvoll
Ihr nah'n — wie leicht kann sie mich überzeugen.
Ihr g l a u b' ich ja! Ein stummer Blick von ihr
Und ew'ger Friede zieht in meine Seele!
Doch wenn sie in das Reich des ew'gen Schweigens
Entflieht, mich meinen Zweifeln überläßt:
Bricht meines Selbstgefühles stolzer Bau
Zusammen, und in seinen Trümmern nisten
Die Schlangen einer selbstbewußten Schmach!
Dann ist nicht Rache, nicht mehr und nicht Vergeltung,
Nur wilde Wuth ist meiner Thaten Sporn!

Mit blutiger Gewalt e r t r o tz ich mir
Den Namen und das Recht auf einen Thron!
Vergangenheit und Zukunft sind nur Lüge!
Mein Sein ist auf Verbrechen aufgebaut,
Mein Handeln sei's nicht minder! Ja, Verbrechen
War Alles, was mein Leben je enthielt,
Verbrechen auch und schimpflicher Betrug,
Daß Dich, o Weib, sie mir zur Seite gaben,
Die Tochter eines Fürsten — einem Nichts!
Judith (ergriffen). Halt ein, Geliebter! Unsern Bund des Glücks
Hat Liebe nur, nicht Größensucht geknüpft.
(Mit Beziehung). Ist denn Betrug auch uns'rer Liebe Treue?
(Umarmt ihn.)
So lange dieses Glück uns Keiner raubt,
Laß' unbekümmert böse Zungen lästern!
O, schone Deine Mutter! Der Verdacht
Würd' ihr den Tod bereiten.
Borics. Wüßtest Du,
Wie schwer ich diesen Seelenkampf ertrage,
Du hieltest nimmer mich zurück. Doch sei's —
Ich will, bis ich besänftigt, mich bescheiden.
Komm . . . zitt're nicht . . . O, sieh, ich schweige schon! . . .
(Will gehen.)
Judith (vertritt ihm den Weg bittend). Die Narb' auf Deiner Stirn
— Sie wird erschrecken!
Sie ist so krank! (immer drängender) Laß' mich vorerst allein . . .
Borics. So geh, doch säume länger nicht . . . sag' ihr,
Die Narbe sei verharscht . . . ganz ungefährlich . . .
(Bei Seite). Nicht diese Wunde ist's, die blutend klafft! —
Judith (allein hineingehend, bei Seite). Spricht erst die Mutter ihn —
O fürchterlich!
(Während sie geht, hört man Glockengeläute. Sie bleibt stehen. Pause.)
Judith (für sich, ihr Auge wie von einem Hoffnungsstrahl belebt).
Ist sie gestorben?
Borics (mit angstvoller Ahnung). Dieses Grabgeläute?!! — —

8. Szene.

Angelica. Die Vorigen.

Judith (Borics an die Brust sinkend). Sei stark!
Borics (windet sich los und eilt erschrocken zu **Angelica**.)
Die Mutter?!
Angelica. Sie hat ausgelitten!

4

Borics (in Verzweiflung). Und ohne Wort des Segens für den Sohn, Und ohne Abschied... ohne... (zu **Judith**) Gott verzeih' Dir!
Angelica. Dich segnend, Fürst, haucht' sie die Seele aus!
Judith (mit raschem Entschluß, energisch). Und ihren Abschied, ihren letzten Willen
Hat sie mir anvertraut. Und so vernimm's:
Verleumdung nur kann Deinen Namen schmäh'n,
Und Dir gebührt rechtmäßig Ungarns Thron!
Borics (in wilder Gluth). Dann, Mutter, sei das Rachewerk erfüllt!
Judith. Sie hat verzieh'n. Verzeih' auch Du, und mild
Regiere Du Dein Volk in Glück und Frieden!
Angelica (mit gefalteten Händen feierlich). Sei ihrer Seel' im Jenseits
Ruh' beschieden!
(**Judith** und **Borics** sinken gebrochen in die Knie und falten die Hände zum Gebet. Das Glockengeläute wird immer leiser, bis es während des Fallens des Vorhangs verklingt.)

(**Der Vorhang fällt.**)

Vierter Aufzug.

(Das Innere des Zeltes **Bodomer's**. Der Vorhang ist emporgezogen und man hat den Ausblick auf das Lager der Kreuzfahrer. Von Zeit zu Zeit sieht man Wachtposten vorbeiziehen.)

1. Szene.

Bodomer, (auf der Brust ein eisernes Kreuz tragend). **Wida** (in Frauenkleidung zu seinen Füßen liegend).

Bodomer. So banne endlich Deinen düstern Sinn,
Der Dich den Schatten nur der hellen Sonne
Doch nicht ihr Licht zugleich auch sehen läßt.
Das harte Ungemach, das uns bisher
Verfolgt, empfind' ich minder nicht als Du —
Bist Du ein Fürstenkind, bin ich ein Fürst . . .
Doch ziemt die Klage weder mir noch Dir,
So lange uns're Hoffnung nicht versinkt
Und unser Stern durch Wolken blos v e r h ü l l t ist.
Darum verscheuche diese Finsterniß,
Die Dein Gesicht umdüstert — das, bisher
Die einz'ge Leuchte meines Pfad's,
Auch nun, da ich in weite Ferne zieh',
Mich stärken und erheben soll im Kampf . . .
Wida. In einem Kampf, den Du für einen Glauben,
Der nicht der Deine, kämpfst . . .
Bodomer.   Halt' ein, mein Kind,
Was uns bisher davon zu Wissen ward
Ist wenig, doch für unser Herz genug.
Sag' an, was ward daheim uns für ein Los?
Der mir das Leben gab, schuld' ich ihm Dank?

Ein Vater ist es, ohne Vaterherz,
Der Stimme nur des blinden Hasses folgend
Und nicht erwägend, ob das Maß der Schuld
Ihn selbst nicht schwerer noch als mich belastet,
Den er aus seinem Reiche nicht allein,
Aus seinem Herzen auch verbannt, — nicht achtend,
Daß Dich sein ungerechter Zorn mit mir
Dem schwanken Schicksal der Verbannung preisgab.
Und hat mein Vater seine That bereut?
O nein, weit lieber sitzt in seinem Grimm
Er einsam auf dem kahlen Fürstenstuhl,
Denn daß dem Zug er der Versöhnung folgt.
O Kind, was ich im Heimathland erfuhr,
Hat mich mit meinem Gotte fast entzweit,
Und denk ich deß', der mir das Leben gab,
Kann wehmuthsvoll ich nur das Eine sagen:
Ein Glaube nicht, ein Wahn erfüllt sein Herz!
Und wenn ein Gott gelenkt sein Thun und Denken,
War's nur ein Gott des Hasses, der Vergeltung.
Den Gott jedoch, an den (auf das Kreuz deutend) dies Zeichen
  mahnt,
Nennt man den Gott der Liebe, des Erbarmens.
Zu lange schon entbehrt mein wundes Herz
Des wilden Trostes gläubigen Empfindens,
Als daß ich ihn nicht sehnsuchtsvoll erflehte,
Wie der Verschmachtende den Labetrunk ...

Wida (selbstvergessen, fast mechanisch nachsprechend). Wie der Verschmach=
  tende den Labetrunk ...
O Vater, müde — müd' ist auch mein Herz ...
Das keine Heimath auf der Erde findet,
Und keinen Gott im Himmel droben sucht.

Bodomer. Ich theile Deinen Schmerz, mein armes Kind,
Zur Heimath zieht's auch mich mit mächt'gem Drang.
Doch hat ein unerbittliches Geschick
Uns von der theuren Scholle nun vertrieben,
— Vielleicht für immer! Und noch härt're Prüfung
Hat es auch fern von ihr uns auferlegt,
Da es den wackern Freund, den Einzigen,
Uns nur gezeigt, um ihn uns zu entreißen.
In seinem Schutz fühlt' ich mich fast daheim,
Und seine edle ritterliche Art
Ließ uns das Schwere leicht ertragen. Doch
Auch ihn hat hartes Mißgeschick ereilt,
Und wenn ich auch den Himmel preisen mag,
Daß er in jener Stunde der Gefahr,

Uns auserſah, ihm rettend beizuſtehn, —
Drängt doch die bange Frage mir ſich auf:
Ob ihm dies Leben noch des Lebens werth.
Du armer, wackrer, ſchwergeprüfter Mann!
Wida (bei Seite). Sein edles Leben war den Tod mir werth ...
O, warum hab' ich dieſen nicht gefunden!
Bodomer. So trieb uns aus dem freundlichen Aſyl
Ein finſt'res Schickſal — ja, mein armes Kind,
So wurden wir zum z w e i t e n Mal verbannt.
Verhehlen kann ich's nicht: Faſt fühl' ich mich
Zu ſchwach, der Sturmeswuth zu widerſteh'n,
Und daß der fromme König, der begeiſtert
Und auch begeiſternd für ſein hehres Ziel
Durch dieſe Lande zieht, um kühne Streiter
Zu werben, mir — erfüllend mein Begehr —
Geſtattet, ſeinem Zug mich anzureih'n,
Erſcheint als eine güt'ge Fügung mir.
Soll thatenlos ich meiner Tage Reſt
Hinſchleichen durch dies zweckverfehlte Leben?
M e i n Gott hat mich verlaſſen — nun wohlan,
So will für jenen Gott ich in den Kampf zieh'n,
Den ſie den Gott der Liebe nennen ...

2. Szene.

Erſter und **zweiter Kumanier** (denen noch fünf bis ſechs Kumanier folgen), die **Vorigen.**

Erſter Kumanier. Hier
Iſt unſer Fürſt! gegrüßt ſei Bodomer!
Bodomer (überraſcht). Iſt es kein Wahn?
Wida. Ihr ſeid aus unſ'rer Heimath?
Zweiter Kumanier. Nach langem Suchen ward uns Deine Spur,
Heil Dir und uns! Wir grüßen Dich als Fürſten!
Dein Vater ſtarb, und Deiner harrt das Volk!
Bodomer (bewegt). Mein Vater todt ... o, welche Stunde bringt
Ihr mir, zu welcher Stunde bringt Ihr ſie!
Seht, dieſes Zeichen. (Die **Kumanier** blicken überraſcht auf das Kreuz.) Ach, ich bin der Mann
Nicht mehr, den Ihr in mir zu finden meint,
Nicht kann ich Eurem Rufe folgen, niemals
Vielleicht ſeh' unſer tapf'res Volk ich wieder —
Der heil'gen Sache iſt mein Arm geweiht,
Der König Ludwigs frommer Eifer gilt,

Und dieses Königs, dieser Sache Knecht
Bin ich, da ich mich selbst ihm durch mein Wort
Verpfändete. Zieht heimwärts ohne mich,
Ihr wackern Freunde!
Alle Kumanier. Du bist unser Fürst,
Und m u ß t mit uns!
Erster Kumanier. Verzeih, daß ungestüm
Sich als Gebot erklärt, was unser Wunsch.
Doch wirst auch Du erkennen, daß Dein Volk
Einält'res Recht auf Dich besitzt, als hier
Ein fremder Fürst und eine fremde Sache!
Bodomer (nach kurzer Ueberlegung). Der fremde Fürst ist mein Gebieter jetzt,
Und er nur kann des Wortes mich entbinden.
Wohl ist mein Herz von tiefem Weh erfüllt,
Da es dem mächt'gen Zug nicht folgen darf,
Der es zu seinem heimathlichen Boden,
Zu seinem Volke drängt. Doch eh' mein Wort
Mir nicht zurückgegeben ist, kann ich
Nicht Eurem Rufe folgen. Gebt darum
Dem König Ludwig Eurer Sendung Zweck
Zu wissen, m e i n e Bitte folgt sodann.
Bewilligt mir sein königlicher Sinn
— Wie ich von ihm es wohl erwarten darf —
Die Freiheit, nun, dann kenn' ich meine Pflicht
Wie jetzt und je vorher, und Euer Fürst
Zieht freudig heim mit Euch zu unsrem Volke!
Zweiter Kumanier. An dem, was Deine Worte als Beschluß
Uns kund gethan, erkenn' ich Deine Art!
Du bist der Wackere geblieben, der
Du stets gewesen, — Dein gerader Sinn
Kennt nur gerade Wege. Wohl mein Fürst,
Wir thun, wie Du befiehlst!
Erster Kumanier. Hoch Bodomer!
Alle Kumanier. Hoch Bodomer! Es lebe unser Fürst!
(Alle **Kumanier** ab.)

5. Szene.

Bodomer, Wida.

Bodomer (**Wida**, welche die ganze frühere Szene hindurch träumerisch in sich versunken dagestanden, die Stirne streichelnd).
Wida. Soll ich mich freuen, weil Dein Vater todt?
Bodomer. Er hat uns nie geliebt, stets nur verfolgt,
Uns heimathlos gemacht. Nun hat's ein Ende —

Er stieg in's Grab und unser ist die Welt.
Wenn König Ludwig mir die Freiheit gibt,
Irr' ich nicht unstät mehr und abenteuernd
Umher. Ein treues waffentüchtig Volk,
Das meiner harrt, wird mich als Fürsten ehren.
Doch wie? Auch das wirft keinen Hoffnungschimmer
Auf Dein von Schwermuth bleiches Angesicht?
Kein Strahl der Freude statt des düstern Blick's?

Wida. O Vater, laß' die düst're Schwermuth mir —
Bist Du's doch längst an Deinem Kind gewöhnt!
Bodomer. Nur Heimweh sei es — klagtest Du vorhin.
Wida Sind wir denn schon daheim?
Bodomer Wir sind's wohl bald,
Dann an des Vaters Seite sollst Du herrschen
Und an der Spitze seines tapfern Heeres
Ziehn wir von Sieg zu Sieg.
Wida. Laß mich, mein Vater!
Für Krieg und Kämpfe taug' ich längst nicht mehr!
Bodomer. War das nicht früher Deine höchste Lust?
Wida. Das ist vorbei!
Bodomer. Bist Du die Alte noch?
Sonst warst Du frei von weicher Weiberart!
Wida. Doch bin ich nur ein schwaches Weib!
Bodomer (ärgerlich). So sei's!
Wirf weg den Speer und dreh' fortan das Spinnrad,
Trotz bietet mir ein tapf'rer Enkel dann,
Der mit dem Streitschwert umzugehn versteht.
Wähl' Du den besten Helden Dir zum Gatten,
Den stolzesten der Söhne uns'res Reichs!
Wida. Laß' mich! Beim Himmel — Keinen wähl' ich mir!
Bodomer. Sieh', welcher Trotz! Nun Mädchen, sag' ich Dir,
Gib Acht, sonst wird Dein Vater ungeduldig!
Wida. Mich, die ein Weib, hast Du zum Mann erzogen.
O, arger Mißgriff! Bin ich nun ein Weib?
Ich bin es nicht — verwildert ist mein Herz,
So rächt sich die Natur. Du mußt's erdulden,
Wenn ich nun Keines will von Beiden sein!
Bodomer (sieht sie forschend an). Das ist nur Ausflucht. Tiefer sitzt
Dein Leid!
Wida. Nein, Nein! Nur dies!
Bodomer. Verheimlichst Du's vor mir?
Wida. Ich? ... Was? ... Nein, nein! ...
Bodomer. Dich quält ein and'rer Schmerz!
Wida (mit gezwungenem Lächeln). O, glaub' es nicht ... Sieh' doch! ...
Bin ich nicht heiter?

Bodomer. Du welkst mir hin — mich täuscht Dein Lächeln nicht.
Blüht nicht die Rose auch — wenngleich der Wurm
Im Kelch ihr nagt? Erst wenn ihr Blätterhaupt
Sich sterbend senkt, gewahren wir auch ihn.
Betrübniß weckt mir, Kind, Dein traurig Wesen,
Und nicht seit heute erst. Oft scheint es mir,
Als trüg' ich selbst die Schuld, doch weiß ich nur
Mich anzuklagen, nicht mich zu vertheid'gen . . .
Wida (umarmt ihn). Kein Wort der Klage träfe Dich gerecht!
Geschlummert nur hat früh'r der Schwermuth Keim
In mir — nun er erwacht, o, laß ihn treiben!
Bald stirbt er ab und Frohsinn kehrt zurück.
Bis dahin magst Du froh sein — ohne mich!
Bodomer. Weit lieber als die Rückkehr in die Heimath
Wär' mir, säh' Deinen Muth ich wiederkehren!
Wida. Du siehst es noch! . . . Vielleicht — wenn wir daheim!
Vielleicht . . . doch still, ich höre Männertritt!

2. Szene.

Borics (mit rothem Kreuz, geschlossenem Visir, kommt und läßt den Zeltvorhang
herab). **Die Vorigen.**

Bodomer. Der scheut den Blick — sieh, wie er ängstlich thut!
Wida (in freudiger Erregung). Mein Vater, das ist Er!
Bodomer. Wer?
Wida. König Borics!
Borics (das Visir öffnend). Wohl ist es Borics, doch ein König nicht,
Ein Bettler, Abenteurer, Heimathloser —
Doch dankbar segnend Jene, die als Freunde (ihnen die Hände
bietend)
Ihn treu beschützt, da ihn Gefahr umdroht.
Bodomer. Nicht hofft' ich, Dich jetzt hier zu seh'n — wie kam's?
Borics. Von Halicz komm' ich — als entthronter Fürst.
Hier kämpft' ich um ein größ'res Reich, und dort
Ward ich des kleinern unterdeß verlustig.
Nicht einen Fußbreit Erde nenn' ich mein,
Und wenn mein Tod in diesem Lande mich
Ereilte, das rechtmäßig mir gehört —
Man grübe mir kein Grab in dieser Erde,
Den Raben würfe meine Leiche man
Zum Fraße hin — so elend, so gehaßt,
Gemieden und verabscheut ist mein Name!
Dies treue Schwert ist Alles, was mir blieb!

Bodomer. Des echten Ritters höchster Schatz. Es kann
Zurückerobern Dir, was Du verloren.
Wo ist Dein Weib?
Vorics. Im Kloster ließ ich sie.
Wie stolz ihr Muth, wie stark auch ihr Vertrau'n,
Des Krieges harte Drangsal zu ertragen
Ist sie zu schwach — und nimmer durst ich dulden,
Daß auch ihr Leben von Gefahr bedroht ...
Mich drückt ein Fluch, und Unheil zieht mit mir,
O, eine mächt'ge unsichtbare Hand
Ist wider mich im Kampfe. Alles flieht mich,
Und jede Schlacht wird mir zum Hohn für mich.
O, wie viel Blut ist hier umsonst geflossen!
Bodomer. Nun aber streust Du Asche auf Dein Haupt,
Und trägst des Kreuzes Zeichen auf der Brust,
Um reuevoll in's heil'ge Land zu wandern,
Im Kampfe gen die Sarazenen? Wie?
Vorics. Ich, reuevoll? Was hätt' ich zu bereu'n?
Ist das wohl sündig, wenn bis auf den Tod
Ich dafür kämpfe, was rechtmäßig m e i n?
Zurückerobern will ich meinen Thron,
Mit Härte strafen Jene, die ihn mir
Geraubt — und Rache nehmen für die Mutter,
Die mir Verleumdung schimpflich hingemordet,
Und deren Name selbst der Lügenbrut
Zum Opfer fiel ...
Bodomer. Und hast Du Hoffnung auch?
Vorics. Ich hoffe, weil ich muß. Doch zieh' ich nicht
In's heil'ge Land, um gegen Sarazenen
Zu kämpfen für den Glauben. M e i n e Feinde
Sind h i e r im Lande. (Auf seine Kleidung deutend). Maske ist
dies Kleid,
Die ihnen mich verbirgt. Ein Punkt nur bin ich
Am Völkerfirmament, doch dieser Punkt
Birgt das Gewitter, das s i e bald vernichtet.
Schon sammelt sich ein neues Heer für mich —
(Wild lachend.) Des Volkes Abhub, Gauner, Diebsgesindel,
Doch gut genug zum Mordgeschäft, und schlecht
.Genug als Opfer ihm zu fallen! (**Bodomer** bleibt ernst auf ihn.)
Freund,
Nicht wanken macht mich mehr Dein strenger Blick,
Mich hat mein Schicksal schon so hart geprüft,
Daß endlich abgestumpft mein Herz geworden.
Sind Jene besser, gegen die ich kämpfe?
Nur Rechtsverächter, Räuber sind sie Alle,

Und Alles ist in solchem Kampf erlaubt.
Doch kam ich nimmer, wack'rer Held zu Dir,
Um Dich in diesen wilden Plan zu locken, —
Zieh Deinen Weg, und finde beff'res Glück —
Nur Abschied von Dir nehmen kam ich her,
Von Dir und Ihr, die mein Schutzengel war!
(Zu **Wida**.) Welch' düst'rer Schatten auf dem hellen Antlitz —

Wida (ihn heftig unterbrechend). Gestatte Vater, daß dem Herzen frei
Ich folgen darf, dem Freunde wüßt ich Trost!

Bodomer. Sprich immer zu, Dein Aug' erglänzt auf's Neue,
Ich ahne was Du willst, und heiß' es recht.

Wida (zu **Borics**). So wisse: Länger irrt mein Vater nicht
Verbannt und rechtberaubt in fremden Landen —
Der ihn verbannt, ist nicht am Leben mehr,
Ein Fürstenthron harrt unser in der Heimath.
Nun kannst Du, Fürst, mit einem Fürsten Dich,
Als Herrscher mit dem Herrscher Dich verbinden!

Borics. Euch Beiden schuld' ich ja mein Leben schon!

Wida. Gastfreundlich hast Du einst die Flüchtigen
Beschützt, — d i e Schuld ist nimmer noch bezahlt.
Dein Leben setztest Du für unf'res ein,
Dein Thron war ja für unsern auch gefährdet,
Nimm unf're Herzen nun für Deines auch!
Droht meines Vaters Leben einst Gefahr,
Sei Du ihm Schutz! In unf'rer Zeit der Noth,
Hast Du auf Deinem Thron uns Schutz gewährt,
So theile Du jetzt unsern Thron mit uns!

Bodomer. Hier meine Rechte, Freund! Du ziehst mit uns!

Borics. So reichen Lohn für so geringe That!

Wida. Was willst Du zischend, schleichend wie die Schlange
Dem Ziele nah'n, wenn wie ein Königsadler
Du niederschießen kannst! Das Kleinliche
Der List und Ränkeschmieden lasse Jenen,
Die feige s t e h l e n, doch nicht k ä m p f e n gehn!
Du, Fürst, hast hier ein Recht, das königlich
Gewahrt sein will; mit königlicher Macht
Mußt Du Dein Recht vertheidigen, damit
Die Dir in L i e b e nicht ergeben sind,
Aus F u r c h t zu Deinem Anhang sich bekennen,
Und die einst Deine Majestät verletzt,
Im Staube vor Dir kriechend, Gnade flehn.
Ziehst Du mit uns, so kehrst Du bald zurück,
Vierhunderttausend Krieger folgen Dir,
Vernichten kannst Du dann der Feinde Schaar,
Und Dein Befehl wird heiliges Gesetz;

Du gründest Dir ein neues Vaterland,
Das freudig auch mein tapf'res Volk, dem längst
Die dürft'ge Scholle keinen Segen beut,
Als neues Heimathland begrüßen soll.
Des Vaters Erbe tret' ich niemals an,
Denn eine schwere Kunst ist das Regieren
Und oft die stärkste Frau für sie zu schwach.
So acht' ihn denn (auf **Bodomer** deutend) als ehrlichen Gefährten,
Mag bis zum Tod er auch D e i n Vater sein.
Nicht höheres Verlangen kennt mein Herz,
Dieß war es, was es still bisher geborgen:
Wenn sich's erfüllt, d a n n leb' ich wieder auf,
War's mir ein Traum — dann mag' ich weiter welken.

Borics. Ist d i e Begeist'rung nicht schon halber Sieg?
Wida. Den g a n z e n holst Du Dir mit unsern Kriegern.
Borics. Kaum kann Dein Vater bieten, was Du sagst.
Bodomer. Sie spricht mir aus der Seele! Manches lernt'
In der Verbannung ich. Das wilde Herz
Ward hier empfänglich für die sanft're Regung.
Könnt ich mein Volk in dies gelobte Land
Verpflanzen, wär' mein heißer Wunsch erfüllt.
Den Bund mit Dir — ich geb' ihn freudig ein,
Und unseres Stammes Häupter hoff' ich gleichfalls
Für dieses Bündniß mühlos zu gewinnen.
Wida. Sie thun, was Du verlangst.
Bodomer. Nicht so, mein Kind!
Führ' ich mein Volk zum Kampf, es folgt mir blind
Auch in den Tod. Doch v o r dem Kampf, zumal
Wo's solch' ein wichtig Unternehmen gilt,
Ziemt es sich wohl, die Häupter zu befragen,
Die einen neuen Pakt beschließen sollen.
(Zu **Borics**.) Doch magst mit uns auch der Hoffnung sein,
Daß sie in ihren Forderungen billig
Sich zeigen Dir …
Borics (ihn unterbrechend). Ich willige in Alles.
Zum Herrn der Welt erhebe ich Dein Volk,
Und müßt' ich dieses treuvergess'ne Land
Für mich und Euch erst in ein Blutmeer tauchen,
Zu wenig wär's für meinen Rachedurst!
Hier meine Rechte! W a s Ihr auch verlangt,
Ich prüf' es nicht, und willige in Alles!

3. Szene.

Judith (tritt ein, und entschleiert sich). **Die Vorigen.**

Bodomer. Die Königin!
Borics (überrascht).   Mein Weib?
Wida (bei Seite).   Sie leidet auch!
Judith. (Nachdem sie einen Blick auf die Anwesenden geworfen, für sich.)
So sah' ich recht! (Zu Borics) Bin ich Dir ein Gespenst,
Daß Du so scheuen Gruß mir beuft?
Borics.   Beim Himmel!
Es mengt die Furcht sich in die Freude mir,
Mir bangt, daß uns Durch Deinen Schritt Gefahr
Erwächst! Allweg lauscht hier der Tod auf mich,
Und wissen sie von meiner Käb', dann ist
Er mir gewiß! (Vorwurfsvoll.) Die Warnung sandt ich Dir!
Judith (mit einem Blick auf Wida).
Und blieb ich, drohte gleichfalls mir der Tod.
Doch hat mich Keiner hier erkannt — der Schleier
Verbarg mein Antlitz ...
Borics (sie umarmend, zärtlich). Sollt' ich auch um Dich
In Sorge sein, wenn der verweg'ne Plan
Verwirklicht wird, wär' selbst ein Blumenstrauß
Mir eine allzuschwere Last. O Weib,
Dein Wagniß macht den Muth mir fast erstarren,
Und hab' ich Unglück, hindert's mir die Flucht.
Hast Du dies Alles auch bedacht?
Judith.   Ich hab's.
Laß mich Gefahr und Noth mit Dir ertragen!
Weit lieber sterb' ich, wenn es gilt, mit Dir,
Denn daß ich fern von Dir des Zweifels Qual
Erdulde, die mich auch — nur langsam — tödtet.
Borics. Du bist so treu, daß Du fast ungetreu,
Denn was Du thatest, hab' ich untersagt.
Doch nun Du hier — begrüße diese Beiden,
Denn ihnen dank' ich Leben und Befreiung.
Blick auf des Mädchens Heldenstirne hin:
Die Wunde ward für mich empfangen   mir
War jener Tod bestimmt, der sie bedrohte!
Wida (sich Judith nähernd). Nur eine leichte Narbe — bald verharrscht!
Judith (sich ihr gleichfalls nähernd). Dann preise Dein Geschick.· Denn
                            eine Wunde
Gibt's, die sich stets erneut und niemals heilt!
(Ihre Blicke begegnen sich. **Judith** blickt mit glühendem Haß auf **Wida.** Diese
              wendet sich betroffen ab. **Judith** für sich.)
    Ah, sie erschrickt!

Wida (für sich). Der Blick war blut'ger Haß!
Judith (zu **Borics**). Komm' in Dein Zelt. Dort glaub' ich Dich zu finden,
Dorthin gab mir Dein Bote das Geleit,
Du kehrst wohl später noch hieher zurück.
Borics (zu **B o d o m e r**). Um unsern Bund in Allem festzustellen.

4. Szene.

Georg, ungarischer Krieger. Bodomer, Wida.

Georg (die Zeltvorhänge auseinanderhaltend und einen Blick in das Zelt werfend). Er ist's — ich dacht' es wohl!
Bodomer. Wen suchst Du hier?
Georg. Schon haben wir gefunden, wen wir suchen! (Zieht sich zurück. Alle stehen betroffen. — Pause.)
Borics (zu **Judith**). Hast Du gehört? Rasch folgt Dir die Gefahr!
Bodomer (ihm seinen Helm übergebend). Kein Zaudern gibt's — Verbirg Dein Angesicht!
Judith. O Unheil, das auf Schritt und Tritt mir folgt!
Wida (einen Säbel ergreifend). Nimm' Deinen Säbel, Vater, schütze ihn!
Georg. (von Außen). Ich hab' ihn hier geseh'n in diesem Zelt,
Sein Weib war's, dessen Schritt hieher mich lenkte,
Jetzt Acht gegeben und das Zelt umzingelt!
Borics (zu **Judith**). Nun, hörst Du wohl? Mir naht die letzte Stunde!
Judith (zusammenbrechend). O, wär's die meine auch! O, wär's auch meine! (**B o d o m e r, Wida** und **Borics** ergreifen Schild und Schwert und stellen sich zum Kampfe auf.)
Bodomer. Gelingt's uns durchzuschlagen — bist Du frei! (Sie erwarten in Kampfstellung die nun Eintretenden.)

5. Szene.

Georg (stürzt, gefolgt von einer Schaar **ungarischer Krieger**, in das Zelt; gleich darauf) König **Ludwig**, der **Palatin, ungarische Magnaten, Kreuzritter** und das **Gefolge des Königs. Die Vorigen.**

Georg. Ergib Dich — sonst bist Du ein Kind des Todes!
Bodomer. Droht diesem Leben nicht! Er ist mein Gast!
Mein ist dies Zelt . . .
Georg. Verräther und Betrüger
Ist er, und längst zum Tode schon verurtheilt.
Nun muß er sterben.
Bodomer Büßen werdet Ihr's!

Georg. Befohlen hat der König seinen Tod.
(Zu den **ungarischen Kriegern**, auf **Borics** deutend.)
(Ergreift ihn! Wehrt er sich, haut ihn in Stücke!
(Die **Krieger** bringen auf **Borics** ein.)
(**König Ludwig** tritt mit dem **Palatin**, den **Magnaten**, den **Kumaniern**, den **Kreuzrittern** und seinem **Gefolge** ein — die Vorhänge des Zeltes werden geöffnet.)

König Ludwig. Halt! Nieder mit den Waffen! Wer es wagt,
Ihn zu berühren, büßt es mit dem Leben!
Borics (legt seinen Helm und Degen dem König vor die Füße.)
O, schütze mich vor dieser Mörderbrut!
Ein König bin ich, sei mein Richter Du:
Denn nicht die Schuld, daß Unglück nur ist mein!
König Ludwig (zu den **Ungarn**). Bekennt: Wer hat gewagt,
       ihn zu bedroh'n?
Palatin. Der Mann ist Borics, der Verräther, und
Ihn festzunehmen ist Gebot des Königs.
König Ludwig. Niemand ertheilt Befehl hier außer mir!
Palatin. Dies Land ist unser!
König Ludwig.   Dieses Lager mein,
Und er, als Glaubensstreiter, ist geheiligt!
Palatin. Dein heil'ges Zeichen, er mißbraucht es nur,
Und uns'res Landes Feind ist der Verräther.
Borics (erhebt sich). Wenn Recht und Wahrheit lebte unter Euch,
Wär' ich Dein König!
Palatin (zum König **Ludwig**). Nimmer glaube ihm,
Ein elender Bastard ist er, nicht mehr,
Deß' Mutter längst gesetzlich ward verurtheilt,
Als schuldbeladenes Weib ...
König Ludwig.   Und wenn das Urtheil
Gerecht: soll büßen er der Mutter Schuld?
Palatin. Nicht dafür ist ihm Buße auferlegt —
Doch hat schon so viel Unheil und Verwüstung
Er über dieses arme Land gebracht!
Daß, büßte einzeln jedes Glied an ihm,
Gesühnt nicht wäre seiner Unthat Maß.
Von allen Seiten brach mit fremdem Heer
Er in dies Land. Und uns're Nachbarvölker,
Die friedlich bis dahin mit uns gelebt,
Reizt' er nun gegen uns. Mit Schwert und Feuer
Ward unser Land erbarmungslos verwüstet.
Nur Gott und unser Muth bewahrten uns
Und unser Land vor völliger Vernichtung.
Drum bitten wir, laß' den Verbrecher uns,
Auf daß wir ihn nach dem Gesetze strafen.

König Ludwig. Da er bereut und für den Glauben sicht,
Ist seine Schuld, wie groß sie sei, gesühnt.
Der wahre Christ übt Milde und Vergebung.
Und dieser Mann b e r e u n t! — W a s er auch that,
Euch lief're nun und nimmer ich ihn aus.
Das sage Deinem König, den ich ehre
Mich und mein Heer hat gastlich er begrüßt,
Doch was er auch an Güte uns erwiesen,
N e i n müßt' ich sagen, wollt ihr d i e s von mir!
Palatin. O, dann vergiltst Du meinem König schlecht!
D e u D a (auf **Borics** deutend) hat Reue nicht hieher geführt —
Beschimpft hat er des Kreuzes heilig Zeichen,
Da er nur dazu sich dahinter barg,
Um, Aufruhr planend, mit den Spießgesellen,
Die er geworben, heimlich in dies Land,
Das er uns unterwühlet, einzudringen.
Er für den heil'gen Glauben kämpfen? N i e!
Hier wollte seine Fahne er entfalten,
Die Fahne, die mit uns'rem Blut getränkt.
Und hier, in Deinem eig'nen Lager, hat
Er mehr als Einen schon für sich gewonnen
Für seinen Plan durch list'ge Ueberredung.
Gott aber schützt die Wahrheit immerdar!
Verrath hat uns die Fäden dieses Plan's
Enthüllt; bekannt war Ort und Stunde uns,
Wo die Empörer sich versammeln sollten . . .
Wir harrten dieser schwarzen Stunde nur!
König Ludwig. Beim Himmel — ist er wirklich ein Verräther,
Gehört er Euch, so wahr ich König bin!
Borics. Glaub' ihnen nicht, dies Alles ist Verleumdung —
Sie fühlen nur, daß mir ihr Thron gebührt,
Und zittern vor der Schwere der Vergeltung!
Bodomer. Vergönn' o König, daß auch ich ein Wort
Für mich und ihn, den Freund ich nenne, sage.
(Auf die Kumanier deutend). Sie haben Dir es wohl schon kund
gethan:
Mich hindert meine Pflicht mit Dir zu zieh'n,
Denn meiner harrt ein treues Volk,
Dem ich zur Stund' als Fürst verbunden bin.
D'rum bitt ich Dich zunächst, entbinde mich
Des Wortes, das im guten Glauben ich
Verpfändet. Doch was meinen Freund betrifft,
Mag nun ein Fürst dem Fürstenworte glauben:
Sein Herz ist treu, und edel ist sein Sinn
Und seine Art voll ritterlicher Tugend.

Er hat ein Recht auf königlichen Schutz,
Auf D e i n e n Schutz, o König!

König Ludwig. (Edler Fürst!
Nicht kann und will ich für den heil'gen Kampf
Durch Zwang mir Streiter werben; zieh' in Frieden
Dahin, wohin die Herrscherpflicht Dich ruft,
Die D i r als heiligste erscheinen muß.
Was i h n betrifft, den schwere Anklag' hier
Beschuldigt und Dein Freundeswort beschirmt,
So sei kein Urtheil voreilig gefällt,
Geprüft wird Anklag' und Vertheidigung.
(Zu **Boric s**). Bis dahin leiht Dir meine Fahne Schutz!
(Zu den Anderen.) Ihr hört's — (zu **Boric s**.) Ich bin Dein
Richter — folge mir!
(Alle, außer **J u d i t h** und **W i d a**, ab.)

Judith. Ich also bin es, die an Allem Schuld?
Ich bin's, die die Gefahr heraufbeschworen?
Weil ich des Argwohns gift'ge Stachel nicht
Im Herzen ruhig weiter konnt' ertragen,
Und Nun hieher kam! — Fluch sei Dir und ihm!
Wie klar, wie klar hat mein Verdacht geseh'n!

Wida. Die Kränkung trifft mich unverdient. Dein Gatte
Schloß hier mit meinem Vater einen Bund,
Der ihm zum Throne wieder soll verhelfen.

Judith. Zum Thron? Zum Königreich? Und Dich wohl gar
Als Königin darin? O, die Verschwörung
Gilt m i r und keinem Könige. M e i n Recht
Wird schmählich hier zertreten! Triumphiren
Soll Ehr= und Pflichtvergessenheit! Und D u
Hast in sein Herz des Aufruhrs Keim gepflanzt . . .
D u hast ihn mir entfremdet . . .

Wida. Ha, zu viel!

Judith. So werfen wir die Maske endlich ab!
Wie lange lechz' ich nach dem Augenblick
Um Dir von Angesicht zu Angesicht
Zu sagen, wie ich Dich, Du Falsche, hasse!
Aus ganzer, tiefster Seele haff' ich Dich!
Ich hasse Dich, seit dem ich Dich erschaut,
So wie die gift'ge Schlange man verabscheut,
Noch eh' ihr Biß den sichern Tod uns bringt!

Wida (mit trauriger Resignation). Und dennoch nahmst Du in Dein
Haus mich auf!

Judith (wild auflachend). Fürwahr, das hast Du herrlich mir ver=
golten!

Wida. Ich wollte für ihn sterben — konnt' ich mehr?

Judith. Ah — sterben wolltest Du für ihn! Für ihn!
Sein Leben dankt er Deiner Großmuth nur?
So wisse denn, viel theurer als sein Leben
Ist mir sein Herz, Du hast es mir geraubt!!
Wida (zwischen Glauben und Zweifel schwankend).
Das ist nicht wahr — das — ist — nur ein — Verdacht!
Mich liebte er?... Du irrst... glaub' mir... Du irrst...
Judith (hochmüthig). Mit welchem Rechte rettest Du sein Leben,
Mit welchem Rechte wirfst Dein Leben Du
Für s e i n e s hin?
Wida. Um d a n k b a r mich zu zeigen!
Judith. Damit auch e r Dir dankverpflichtet sei! —
Ha, Deine Stirn verwundet, wie die seine, —
Dein Blut — für i h n — — vergossen, wie das seine —
Es g i b t kein stärk'res Herzensband als dies,
Das Euch im Sterben aneinander knüpfte!
Nun aber lebt Ihr Beide — hörst Du? — Beide!
O, hätt' in jener Stunde m e i n e Hand
Das Feindesschwert geführt, ich hätte s i c h e r
Dich in die Brust getroffen!...
Wida (traurig). Wünschest Du
Den Tod mir also!
Judith. E i n e n? Tausend Tode!
So viele Tode, wie Du m e i n e m Leben
Bereitet hast! O, wenn Dein stechend Aug'
Nach i h m geblickt, fuhr's wie ein scharfer Dolch
M i r in das Herz! Nun aber weh' Dir, — wehe!
Nun hab' ich Aug' in Aug' den Feind vor mir,
Und was er Böses je mir zugefügt,
Kann meine Rache tausendfach vergelten!
Wie schwach und kraftlos diese Hand auch sei,
Den Todesstahl D i r in die Brust zu stoßen
Ist sie noch stark genug! So wisse denn:
Wagst Du nur e i n m a l noch, i h n anzusehn —
Nur e i n e Silbe noch an ihn zu richten —
Dann gebe ich — an die ein heil'ger Eid
Ihn bindet, ich, die Mutter seines Kindes —
Verloren ihn — D i c h aber t ö d t e ich!
(Rasch ab.)
Wida (allein.) Wie? D e i n e Maske hast Du abgeworfen?
Von m e i n e r nur hast Du mich selbst befreit —
Weh' Dir! so rufe nun auch ich Dir zu —
Wie Du mich in den Staub getreten hast,
Tritt man die gift'ge Schlange nur! Wohlan,

(ergreift den Köcher und die Bolzen) So magst Du ihren
                              Stachel gleich empfinden!
          (Indem sie den Pfeil auf den Bogen spannen will)
Wie? Menchelmord?! Nein! Selbst Erniedrigung
Erduld' ich leichter, als der Feigheit Schmach!
                              (Wirft den Köcher weg.)
Zum Kampfe hast Du mich herausgefordert?
Du glaubst, er liebe mich? Nicht Dankgefühl
Dafür, daß ich das Leben ihm gerettet,
Nein — Liebe, Liebe birgt sein Herz für mich?
D i e Furcht ist es, die Deinen Haß gebiert?
O, ein gar scharfes Auge hat der Argwohn!
Da sie in meines Herzens Falten drang,
Ward ich gewahr, auch was das seine barg.
Er liebt mich! Weißt Du, unglückseliges Weib,
Das Du Dir selbst das Urtheil nun gesprochen?!
Mein ist sein Leben! Ich hab' es gerettet,
Du aber hast ihm nur Gefahr gebracht.
Als er hieher kam, um den Thron zu streiten,
Hat ihn Dein Vater und sein Volk verlassen —
M e i n Vater aber schloß den Bund mit ihm,
Und u n s e r Volk erhebt ihn auf den Thron;
Nun er sein Leben, seinen Thron mir dankt,
Will ich ein Recht mir auf sein Herz erwerben,
Und D e i n Tod ist es, wagst Du es zu hindern!
Auf! Seinem Haupte droht des Henkers Beil:
Ich bring' ihm Rettung, oder mir den Tod!
                              (Rasch ab zur Seite.)

7. Szene.

Bodomer. Borics. (Durch den mittleren Eingang.)

Borics (aufgeregt). Um eines Königs Gnade betteln?! Ich!
Und hier, wo Land und Thron und Recht und Krone,
Wo Alles mein! Wo Alles mir gebührt!
Bodomer. Beschuldigt nur, doch überwiesen nicht
Wardst Du. Erwarte ruhig denn das Urtheil,
Noch hast Du keinen Grund besorgt zu sein!
Borics. Ich habe ihn: an Zeugen fehlt es nicht,
Sie haben die Verschwörung ausgespäht,
Und sind von Allem, Allem unterrichtet.
Ach, ein Verräther findet sich so leicht!
Die Schlinge seh' ich nicht, die mich umgarnt,
Doch fühl' ich es, nicht kann ich ihr entrinnen!
O, jetzt zu fallen! Jetzt! ... So! — Vor der Rache!!

8. Szene.

Wida (kehrt zurück). **Die Vorigen.**

Wida. Mein König, rasch! In wenigen Minuten
Bist Du Gefangener!
Borics. O, welch' ein Ende!
Wida. Schon haben ihre Wachen sie entsendet,
Ich hörte, wie sie den Befehl ertheilt.
Borics. Mein Weib —
Wida. Ist schon von Allem unterrichtet.
Gefährlich ist Dein Weg, und auch für sie,
D'rum kehrte sie zurück, woher sie kam.
Nun aber zaud're keinen Augenblick,
Denn kommen sie, kommt auch Dein Tod mit ihnen!
Zu Roß' sind uns're Leute schon bereit,
Ergreifen wir die Flucht . . .
Bodomer. Auch wir?
Wida (fest und bestimmt). Auch wir!
Wer wird ihn schützen, wenn sie ihn verfolgen?
Borics. Du bist der Engel, der mich stets beschirmt!
Bodomer. So komm' mit uns, als König kehrst Du wieder!
Wida. Und dann — ist Deiner Rache Saat gereift!
Borics (wild ausbrechend). Nun ich erniedrigt, soll ich auch noch
flüchten,
Aus diesem Land, deß' Krone mir gebührt!
Und ohne Rache! (Mit Nachdruck.) Doch ich komme wieder,
Und wehe Dir, Du falsches, trotzig Volk,
Das meiner Mutter Namen hingemordet . . .
Vertilgen will ich jede Spur von Dir,
Kein Stein soll auf dem andern bleiben! Tod,
Verderben und Vernichtung sei die Losung!
Und über Deinem Grabe will ich dann
Ein neues Reich, ein treues, mir begründen! (Ab.)
Wida (für sich). Sie will den Krieg? Wir wollen seh'n, wer siegt!
(Alle ab zur Seite.)

9. Szene.

Judith (erscheint nach einer kurzen Pause von der anderen Seite.) Der Bote
sah hieher sie wiederkehren,
Und er kam nicht zu mir, hier muß er sein!
Ich höre Pferdetritte — (stürzt vor das Zelt) Ha, — sie sind's!

O Gott, Du siehst den fürchterlichen Treubruch
Und sendest keinen Blitz, der sie zermalmt,
Und öffnest nicht die Erde unter ihnen?!
Das Herz erdrückt's, die Sinne raubt es mir —
Dort ist mein Schicksal, und sein Opfer hier!
Dort flieht mein Glück, mein Leben hin, und doch —
Grausam Verhängniß! — ich — ich lebe noch!!
(Sinkt zusammen.)

(Der Vorhang fällt.)

Fünfter Aufzug.

(Das Innere eines geräumigen Zeltes. In der Mitte ein Altar, auf welchem ein großer Kelch steht.)

1. Szene.

Bodomer, Borics, Wida. Kumanische Magnaten (zu beiden Seiten des Altars im Halbkreise stehend.)

Bodomer (auf der Erhöhung vor dem Altare stehend). Gott, der Du hörst,
        was hier berathen ward,
Vernimm' als höchster Zeuge unsern Schwur!
Wie unser Blut hier in einanderfloß
In dieses heilige Gefäß, so fließe
Auch dessen Blut, der je den Schwur verletzt.
Ich schwöre: daß den König der Magyaren,
Daß König Kálmán's legitimen Sohn
Als meinen Throngefährten ich erkenne,
Und daß ich alle Rechte, alle Macht
Stets mit ihm theile, wie mit einem Sohn —
Und möge Gott im Leben und im Sterben
So wahr mir helfen, wie mein Schwur gemeint!

Borics (an den Altar tretend). Ich schwöre, diesen edelmüth'gen Fürsten,
Der auf dem Schlachtfeld schon für mich gekämpft,
Der zweimal Retter meines Lebens war,
Und nun den Thron mir wieder will erretten,
Zu lieben bis an's Ende meiner Tage,
Mit Dank im Herzen und mit Sohnestreu'.
Ich schwöre, alle Rechte, alle Macht
Mit ihm zu theilen. Ohne seinen Rath
Und seinen Willen nichts zu unternehmen.

Ich schwöre, die kumanische Nation,
Die mich als ihren Fürsten anerkennt
Und kämpfen wird um meinen Königsthron,
In jenem schönen Reiche, das mein Reich
Rechtmäßig ist, zur herrschenden zu machen.
Den Boden will vertheilen ich an sie,
Das Volk sei ihrer Gnade überliefert,
Damit es ewiglich ihr Sklave bleibt!
Ich schwöre, die kumanische Nation
In meinem Rathe ehrlich anzuhören —
Und alle Würden meines Hofes nur
Kumanien's tapfern Söhnen zu verleih'n.
Und möge Gott im Leben und im Sterben
So wahr mir helfen, wie mein Schwur gemeint!

Erster kum. Magn. Wir schwören, Dir, wie hier vereinbart ward,
Zu huldigen und Dir in Treu' zu dienen,
Du wirst uns Führer, wirst uns Heerscher sein!
Alle. Und möge Gott im Leben und im Sterben
So war uns helfen, wie der Schwur gemeint!
Bodomer. Auf denn, Ihr Führer! Ordnen wir das Heer,
Den Weg zum Kampf noch heute zu betreten!

(Trompetensignale. Alle ab.)

2. Szene.

Borics, Wida.

Wida (ihm freudestrahlend die Hand reichend). Bist Du nun glücklich?
Endlich ist erfüllt
Was ich gewollt: In Waffen triumphirend,
Trittst Du das Erbe Deines Vaters an —
Bist Du nun glücklich?
Borics. Was mein Haß so lang
Erstrebt, erfleht, ist Wirklichkeit geworden.
Doch ach, der Weg des Glückes ist es nicht,
Nur eine blutgetränkte Wüste ist's,
Auf der mein Unglücksstern mich vorwärts treibt!
. . . Genug davon! mag meine Seele sich
Hinaus aus dieser rauhen Trübsal flüchten,
In jene holde, blumenreiche Welt,
Die Du als Stern der Güte überstrahlst.
Wida. Sieh' mir in's Auge, schau' mir in die Seele —
Doch sage nicht, was Du darinnen lies't,
Nur ob Du wirklich glücklich, sage mir,

Ob keine Leere Du im Herzen fühlst?
Ob keinen Wunsch, kein Sehnen Du verbirgst?
So weit greift nie des Hasses Feuerbrand,
Daß er die Glückessehnsucht ganz verzehrt.
Und Deine Zukunft ist so freudlos nicht,
Wie sie Dein Groll und Mißmuth Dir enthüllen . . .
Borics. Sprichst Du von Zukunft mir? Von Freude? Glück?
Das Alles ist Ruine meiner Hoffnung.
Wida. Begründ' auf's Neue sie!
Borics. Kann Gott sie selbst
Auf's neu' begründen? Kann er wiederbringen,
Was schon vernichtet ist? . . . Was ich erhofft,
Es hat ein Ende, nimmer find' ich es.
Der Engel der allgütigen Natur
Hatt' einst der Liebe Honigseim auch mir
In's Herz geträufelt — nicht die bitt're Galle
Des Hasses, die es nun so ganz erfüllt.
Und konnt' auch um den Preis von Thränen nur
Die Mutter an den Freuden meiner Kindheit
Sich mit erfreu'n — wie selig war ich doch!
Und ach, wie froh, wie ungetrübt, wie friedlich
Floß mir der spätern Tage Reihe hin!
Ich liebte — und mein Herz war glückerfüllt.
Mein Weib liebt ich, den lieben kleinen Sohn,
Nichts trübte meinen Himmel — selbst der Gram,
Den ich im Antlitz meiner Mutter sah,
War eine leichte Schwermuthwolke nur —
Ein herzlich Wort von mir verscheuchte sie.
Nichts weckte wilden Menschenhaß in mir,
Nur Liebe, Milde, Güte und Erbarmen
War von der Mutter mir in's Herz gepflanzt.
Doch, ach, wie hat mein finsteres Geschick
Das Glück, den Frieden neidisch mir entrissen!
Mit gift'ger Zunge schmähten sie das Weib,
Das mich gebar, durchbohrten mir das Herz!
O, niemals, niemals wird die Wunde heilen!
Was Gutes in mir, grausam ward's ertödtet,
Und der Zerstörung Geist in mir geweckt!
Kein and'res Sehnen kannt' ich mehr, als Blut,
Und keine and're Hoffnung, als Vergeltung!
Und um so wilder war die Raserei,
Als das Geschick sich feindlich mir gezeigt —
So ward ich zum blutgier'gen Ungeheuer!
Bringt da die Zukunft noch ein Glück für mich? . . .
Ein Land in Aufruhr, und das Wehgeschrei

Von Hunderttausenden, das grimme Stöhnen
Der Edlen, die ich in den Staub getreten,
Brand und Verwüstung, Jammer, Mord und Blut,
Und über Alles dies ein Hohngelächter,
Mit dem die Huldigung ich von mir stoße —
Das wird für mich die e r s t e F r e u d e sein!
Wida (mit ahnungsvoller Pein). Du kannst wohl Niemand mehr
auf Erden lieben?
Borics. O, frage nicht! So wie der Löwe liebt,
Dem sie die Pfeile in den Leib gejagt,
Und wie die Schlange, die getreten ward,
So lieb' auch ich. Noch lebt ein Bruder mir,
Ich habe Weib und Kind. Könnt ihr verzeih'n
Dem Undankbaren, der nur für den Haß
Und kaum für Euch mehr Raum im Herzen hat?
Verzeiht ihm, o verzeiht! Vielleicht beruhigt
Sich auch das Weltmeer dieser Leidenschaft,
Wenn die Zerstörung einst ihr Werk beschloß!
Mein Weib — mein Kind! Wenn Euer ich gedenke,
Wird weich mein Herz und meine Seele schwer —
Unglückliche Gefährtin meines Lebens,
Hat so viel Treue so viel Leid verdient?!
Wida (finster). Sie brachte Dir Gefahr!
Borics.   Sie? Ihre L i e b e!
Sie kam nur, um zu theilen die Gefahr!
Wida. Kannst Du sie nicht vergessen?
Borics (betroffen).   S i e — vergessen?
Das treue Weib — (mit tiefer Empfindung) das mir den Sohn
gebar!
Wida (für sich). Das tödtet mich!
Borics (sieht sie an — erschrocken). Du leidest! Sprich, was ist's?
Wida (ist bemüht, sich zu fassen, um ihren Schmerz und dessen Ursache zu verbergen.)
Vergib — ich war in einer andern Welt. . . .
Ein Schatten zog an mir vorbei . . . ein Geist,
Der aus dem Grab' emporgestiegen kam,
Der namenloses Unglück mir gebracht,
Und den ich nun und nimmer kann vergessen. . .
Borics. Wer war's?
Wida.   Erröthend nur könnt' ich's gestehn —
Erlasse mir's! für mich . . . ist er . . . gestorben!
Borics. Dein Antlitz seh' ich trauern!
Wida.   Ach, — für ihn!
Borics. Und keine Hoffnung?
Wida.   Hoffnung? Eine nur:
Daß bald auch m i r des Grabes Trost bescheert!

Borics. O, unglückselig Mädchen, sprich, — wie kommt
Solch Wort des Grauens auf die Lippen Dir?
Und weiß der Vater schon um Dein Geheimniß?
Wida. Verborgen blieb's, verborgen b l e i b t es ihm.
Borics. Dann lohnst Du nur mit Undank ihm die Liebe.
Wida. So lohne Du sie ihm mit beff'rem Dank,
Damit er leichter den Verlust verschmerze.
Borics. Und ich, der so viel Dank Dir schuldig ist?
Wida. Was ich gethan, war nicht von Selbstsucht frei,
Berechnung war es, das ich Dich gerettet,
Und wenn ich Dir in's Kampfgewühl gefolgt,
So that ich's, weil ich selbst den Tod ersehnte.
Daß meine Rechte Dir ich übertrug
Geschah, damit mein Vater beffern Trost
Gewinne, als er nun in mir verliert.
Borics. Willst Du das hehre Opfer so verkleinern,
Das mir Dein großer Edelmuth gebracht?
Wida. Von Dankesschuld nur will ich Dich befrei'n,
Dein treues Herz erhalte u n g e t h e i l t
Der Gattin Du, dem Sohn — —
Borics.   Ah, ist es dies ...
Wida. Unglaublich scheint Dir wohl d i e Raserei?
Glaubst Du, daß nur der Haß, daß Rache nur
Verbinden kann die Keime unf'rer Herzen,
Daß Haß und Rache nur zerstören kann?
Die Liebe hältst Du — weil sie Dich beglückt —
Für einen heit'ren, milden Zauber, der
Verlockend unser Haupt mit Blumen kränzt?
Du weißt nicht, daß sie selber uns den Stahl —
Und nicht als Waffe gegen einen Feind,
Als Werkzeug nur zum Selbstmord — in die Hand drückt?
Wir selber sind's, an denen unser Haß
Und unf're heiße Rachegier sich sättigt,
Durch die Erkenntniß, daß wir, ach, so blind, —
Daß in der Blindheit wir so rasend waren!
Ich sage Dir: Von der Erkenntniß Qual
Ist nur der Tod ein gütiger Befreier!
Borics. O wüßtest Du, wie mich Dein Wort betrübt!
Wida. Bedauern nicht — vergessen sollst Du mich!
Sonst will ich nichts ... sonst hab' ich keinen Wunsch ...
Sei glücklich immerdar ... und ... Gott mit Dir!
(Eilt ab).

(**B o r i c s** will ihr nacheilen, da erscheint **J u d i t h**).

5. Szene.

Judith (tritt ein, und gerade dem herausstürmenden **Borics** entgegen).
Borics (fährt erstaunt zurück).

Borics. Mein Weib?!
Judith.   Du zitterst, und Dein Mund verstummt?
Borics. Vor Freude und Erstaunen nur — Du kommst
 Und eilst in meine Arme nicht . . .
Judith.   Zurück, —
 Meineidiger!
Borics.   Meineidig? Selbst der Feind
 Hat solchen Gruß mir niemals noch geboten!
Judith. Ich biet' ihn Dir! Dein Weib! hörst Du! Dein Weib,
 Die Mutter Deines Sohnes grüßt Dich so!
Borics. Kaum faß' ich es — ist es ein böser Spuck?
Judith. Dich, Heuchler, schützt die Larve länger nicht —
 Ich reiße sie herunter — ich, Dein Weib!
Borics. Die Larve?!
Judith.   Ja, die Larve — denn Du trägst
 Als Prätendent, und trägst als Gatte sie!
 Sowie Dein Name eitel Lüge ist,
 Ist Lüge auch Dein Herz — Verrath ist Alles!
 Du g l a u b t e s t mich zu täuschen? Eitler Thor' —
 Wie lange kenn' ich Dich und Deine Lüge!
 Doch still ertrug ich, was das Herz mir brach;
 S i e brachtest Du (höhnisch) gastfreundlich mir in's Haus!
 Klar war es mir im ersten Augenblick,
 Daß sie schon damals Dich geliebt. Doch nur
 Der Anfang war's des großen Abenteuers!
 Erobern wolltest Du Dir einen Thron?
 Wie schlau ersonnen! — I c h war Dir im Wege!
 So zogst Du hin — mich sperrtest Du in's Kloster,
 Und als ich, Unheil fürchtend, Dir gefolgt,
 Als s i e mir eingestand, was ich geahnt,
 Warst Du's, der mich zum zweiten Mal verließ,
 Und treuvergessen flüchtete — mit i h r !
Borics. Entsetzlich! Furchtbar!
Judith.   Du erbleichst? Erschrickst?
Borics. Ja, Schreck und Bangen füllen mir das Herz,
 Doch nicht für mich und Dich . . .
Judith (wild aufschreiend). A l s o f ü r s i e !! . . .
 Geht doch die Stunde schon von Mund zu Mund,
 Daß Deinen Gott und Deinen Glauben Du,
 Dein Weib, Dein Kind meineidig hast verlassen!

Daß Du geschlossen einen neuen Bund,
Und daß des Fürsten Tochter Du gefreit.
Um ihn und seine Heermacht Dir zu sichern
Und einen Königsthron mit i h r zu theilen!
Ein dankbar Herz birgt Deine treue Brust —
S i e hat das Leben zweimal Dir gerettet,
Du zahlst ihr freudig königlichen Lohn!
Borics. Unglücklich Mädchen!
Judith. Du bedauerst sie?
Borics. O, schweige — schweig! Du weißt nicht was mich quält ...
Das arme Kind ... nur Unglück ist ihr Los!
Judith. Du forderst wohl noch Huldigung von mir?
Sie soll Dir werden! Blick' in diese Schrift!
(Uebergibt ihm das Document **Preßlava's**.)
Dein Recht auf eine Krone wird Dir (ironisch) k l a r,
Liest' Du den letzten Willen Deiner Mutter!
Borics. Dies hier von meiner Mutter! (Eröffnet die Schrift.) Ihre Hand!
(Vorwurfsvoll.) Und Du vermochtest's, mir's geheim zu halten!
(Liest).
Judith. Warum ich's that, Du wirst es bald gewahr:
Noch schlimmer als der Tod schien mir die S ch m a ch —
Vor ihr Dich zu bewahren, war mein Ziel.
So lang mich Argwohn, nicht Gewißheit quälte,
War ich auch stark genug dazu. Doch jetzt —
Jetzt frag' ich — w e r hat mehr für Dich gethan,
Ich oder Jene, der Du mich geopfert?
Erkennst Du nun, wie Deine ganze Macht
In m e i n e r Hand? Ein Hauch aus meinem Mund
Und mit dem Königstraume ist's vorbei —
Zusammenbricht Dein stolzes Luftgebäude,
Mit seinen Trümmern Dich und sie begrabend!
Borics (der indessen mit stets wachsendem Entsetzen gelesen hat, läßt nun die Schrift der Hand entsinken, ringt nach Worten und faßt sich endlich krampfhaft an's Herz). N o ch schlägt dies Herz!
Judith (bei Seite). Es war ein Todesstoß!
Borics (in wilder Phantasie). Die Schrecken seh' ich nah'n des jüngsten Tags!
Die Gräber öffnen sich! Die Geister tauchen
Myriadenweise schattenhaft empor!
Die stummen Lippen reden!! Alle reden!!
Und alle Sünden werden einbekannt,
Die Tugend wird zum Laster, Licht zur Nacht ...
Dort ... dort ... das ist der Schatten meiner Mutter!
O, wie entsetzlich ... Arme Sünderin!
Des tiefsten Mitleids bist Du dennoch werth,

Dem Herzenszuge durftest Du nicht folgen, —
So zerrte man auf einen Thron Dich hin! . . .
Dein Leben war nur Kummer, Leid und Sühne,
Und ich, der Dir die höchste Freude war,
War auch Dein größter Schmerz . . . Du armes Weib!

Judith. Und ich, die Fürstentochter, wußte dies,
Und schweigend trug ich ihre Schmach und Deine!

Borics (auffahrend und dann in stetiger Steigerung bis zum Wahnsinn). Wer
spricht zu mir? Ich wär' ein Königssohn?
Ein Schurke bin ich, eine Null, ein Lügner,
Dem auf die Stirne schon bei der Geburt
Ward aufgedrückt das Brandmal seiner Schande.
Nun kommt, Ihr stolzen ung'rischen Magnaten,
Zertretet mich, speit mir in's Angesicht,
Stellt an den Pranger mich — ein Ehrenplatz
Wär's noch für mich! . . . Ihr stellt mich auf den Thron?!
Das habt Ihr gut gemacht! . . . Ha ha ha ha! . . .
Mich auf den Thron! . . . mich! . . . Borics! . . . den
Bastard!!
Gebt vor dem Schandpfahl mir den Henkertod! —
Doch gebt dem Sündenbalg nicht Thron und Krone!

Judith. Ich habe Alles treu und still ertragen, —
Bleibst D u mir treu, so . . .

Borics. Siehe da — mein Weib?!
Ha, Alles war Verrath, Betrug und Lüge,
Die Fürstentochter mir, m i r angetraut!
Mir — einem Borics! o, entsetzlich Weib,
Du wußtest Alles, und verbargst es mir!
Nun seh' ich klar — die Nebel theilen sich:
S i e wußte Alles! Auf dem Todtenbett
Hat meine Mutter Alles ihr bekannt,
Damit die Seele frei von hinnen zieh',
Damit, wenn mir kein reiner Name blieb,
Und Ehr' und Segen nicht mein Erbe war,
Doch nimmer Blutgier und Zerstörungswuth,
Fluch und Verwünschung auf das Haupt mir laden!
Ich seh' es klar: O, unglückselig' Weib,
Aus Rache nur, die falscher Argwohn nährt,
Bringst Du mir jetzt dies furchtbare Vermächtniß!

Judith. Wohl ist es Rache, die hieher mich trieb,
Doch f a l s c h e r Argwohn hat sie nicht erzeugt . . .

Borics. Verruchtes Weib — w a s hast Du mir gethan!
Mit welcher Schuld hast D u mein Haupt belastet!
O, ihr unzähl'gen Opfer meines Wahn's
Die ich in blut'gen Schlachten hingemetzelt,

Erhebt aus Euern Gräbern Euch   steht auf,
Und wenn die blut'ge Sündfluth bis zum Himmel
Emporsteigt und mich dennoch nicht verschlingt,
So mögen Eure bleichenden Gebeine
Zermalmen mir das fluchbelad'ne Haupt!

Judith. Bereue Du nur, was Du mir gethan,
Und Alles ist vergessen..

Borics.   Ei — wie groß!
Haha! Du willst mir gnädiglich verzeih'n?!
Du liebtest mich wohl gar? Ha, falsches Weib,
Nicht mich, den K ö n i g nur hast Du geliebt!
Was Du ersehnt, war ein geraubter Thron,
Hoffahrt und Größensucht war Deine Liebe —
Darum verschwiegst Du das Geheimniß mir!
O, wußt' ich, daß ein R e c h t mir nicht zur Seite —
Und wenn sie's auf den Knie'n von mir erfleht,
Die Krone hätt' ich nimmer angenommen — —
Erwache endlich, zürnendes Gewissen,
D e i n ist die Rache jetzt — (Man hört Trompetensignale)
                                    Hört auf! Hört auf!
Furchtbarer Schwur! Was habe ich gethan!...
Auf denn zur Schlacht, zertreten sei das Recht,
Vernichtet sei das ganze Ungarvolk,
Der Säugling in der Wiege nicht geschont —
Doch Du, entsetzlich Weib, Du sei — verflucht!!

Judith. Mir fluchst Du — Deinem Weibe!
Borics.   Dir und mir!...
Wie heilig hielt ich Dich — Du warst mein Gott!
Wenn ich verzweifelnd durch die Welt geirrt,
Warst Du mir Trost, Dein Herz war mein Asyl!
Nun aber, da ich Deine Truggestalt
Erkannt, bist Du noch fürchterlicher mir
Als das Bewußtsein meiner schweren Schuld.
Nie hast Du m i ch geliebt, nie mir geglaubt,
Nie mir vertraut, nie Dich in mir geachtet!
Soll ich des blinden Argwohns Augen Dir
Durch Wahrheit öffnen? Geh — Du bist's nicht werth!
Geh! H a s s e mich! Das ist mein A b s c h i e d s g r u ß —
Denn lebend soll mich Niemand wiederseh'n!
                                    (Will ab)

4. Szene.

(Eine Dienerin. Die Vorigen.)

Dienerin. O König, komm! Furchtbares ist gescheh'n.
Die Tochter uns'res Fürsten — todt! Sie selbst
Hat sich den Mordstahl in das Herz gebohrt!!
Borics (erschüttert.) O, ew'ges Schicksal!
Judith (in qualvoller Ahnung).   Unglücksel'ge That!
Dienerin Ich und ihr Vater fanden sie im Blut,
Nur wenig mehr vermochte sie zu sagen:
Sie liebte . . . ohne Hoffnung . . . besser sei
Für sie der Tod . . . . dann starb sie ruhig hin.
                                              (Ab.)
Borics. Der Fluch, der mich auf Schritt und Tritt verfolgt,
Hat auch dies arme Kind erreicht. Verflucht
Ist, wer sein Herz mir jemals zugewendet!
Judith (in die Knie sinkend.) Kannst Du verzeih'n? Zu spät werd' ich
                                              gewahr,
Daß, was mich quälte, nichts als Wahnsinn war!
Borics Schwer ist die Strafe, schwerer ist die Schuld!
Mein Schicksal hat nur Qual für mich bereit,
Und daß ich ganz des Unheils Maß empfinde,
Führst Du — mein Weib — noch einen letzten Hieb
Auf dieses arme, schmerzgebroch'ne Herz! . . .
Judith (händeringend.) Vergib . . . vergib! (aufstehend), O, noch ist
                                              nichts verloren.
Noch halt' ich Dein Geheimniß gut bewahrt,
Noch hab' ich es nur Dir allein enthüllt . . .
Borics (voll Hohn). Und willst auch weiter schweigen?
Judith.   Wie das Grab!
Borics. Das ist die strafende Gerechtigkeit!
Du hast geschwiegen — meiner Mutter Fluch
Sei aus dem Grabe Dir ein Lohn dafür!
Der Argwohn hat die Zunge Dir gelöst —
Dein Lohn dafür ist, daß Du **weiter lebst!**
Und wenn ich todt bin, lerne mich versteh'n,
Mich, den Du nie im Leben hast erkannt!

5. Szene.

(Rumänische Magnaten. Die Vorigen.)

Erster Magnat. Mein Herr und König, draußen harrt das Heer,
Ein Wort von dir, begeistert es zum Siege,
Und muthgeschwellt folgt Alles Deinem Ruf!

Borics (um gegen sich aufzureizen, mit herausforderndem Trotz.)
Ich? Führer einer solchen Räuberschaar?
Um zu verwüsten ein gesegnet Land,
Um einen großen Volksstamm auszurotten,
Deß Sklaven Ihr zu sein nicht würdig seid!
Ich soll als König Euer Führer sein?
Erster Magnat (erstaunt). Hast Du nicht selbst es feierlich gelobt?
Judith. O, hört ihn nicht! Nur Wahnsinn spricht aus ihm!
Borics. Nicht Wahnsinn — Ueberzeugung spricht aus mir!
Was ich gesagt, ich sagt' es vollbewußt,
Und nur Verrath und Meineid war der Schwur
Den unbedacht ich niedrigem Gezücht
Geschworen!
Erster Magnat. Wie? Du wagst noch zu beschimpfen
Ein braves Volk, das kühn für Deinen Thron
Das Leben hinzuopfern war bereit?
Borics. Zu Raub, Verwüstung und Mordbrennerei
Wart Ihr bereit — pfui! ich verachte Euch!
(Die **Kumanier** greifen drohend nach ihren Schwertern.)
Erster Magnat. Meineidiger! Das zahlst Du mit dem Leben,
Das uns Dein Schwur verpfändet hat!
Zweiter Magnat. Der Fürst!

6. Szene.

(**Bodomer. Die Vorigen.**)

Bodomer. Du brachtest Gram und Trauer mir in's Land —
Mein Kind ist todt!
Borics (zu den **Kumaniern**) Ihr Tod ist auch mein Werk!
Daß ich zur Königin sie mir erwähle,
Schwur ich ihr zu — doch hielt ich nicht mein Wort
Und trieb sie in Verzweiflung, in den Tod!
Bodomer.. Mit Deinem Namen auf den Lippen schied
Von hinnen Sie.
Die Kumanier (auf **Borics** einstürmend). Entsetzlich! Rache! Rache!
Bodomer (will ihn beschützen). Er ist mein Gast!
Borics (mit gezücktem Schwert). Erbärmlich Räubervolk.
Wagt Ihr es noch, mir in den Weg zu treten?
Die Kumanier. Ha, tödtet ihn! Er büße, der Verräther!
Auf, stoßt ihn nieder!

Bodomer. Haltet ein! (Die **Kumanier** umringen stürmend **Borics** und erstechen ihn. Er fällt todt nieder. **Judith** sinkt mit einem Aufschrei zusammen und bleibt wie leblos liegen.) Zu spät! . . .
Wer brachte ihm den Todesstoß! Gesteht!
(Auf die Leiche **Wida's** deutend). Ein Mord vor dieser theuern Leiche hier!
Wer that es wieder meinen Willen?
Erster Magnat (mit dem **zweiten** vortretend und wie dieser, mit gesenktem Schwert). Wir!
O Fürst — gerechte Strafe ward ihm nur:
Er mußte sterben, denn er brach den Schwur!!
Alle Kumanier. Ja, sterben mußt' er — denn er brach den Schwur!

(Gruppe.)

(Der Vorhang fällt.)

„Hungaria" Buchdruckerei und Verlagsgeschäft, Budapest.